퇴직 후 즐기는 삶
with active aging

퇴직 후 즐기는 삶
with active aging

유중희 자전적 에세이

ℝ 도서
출판 더로드
The Road Books

알면서 모르는 척하는 것은 최상이고
모르면서 아는 척하는 것은 병이다.

– 노자

사람이 살아가는 데는 일하고, 즐기고, 봉사하는 것에 대해, 균형을 이루면서 사는 것이 가장 이상적이라 생각한다.

많은 사람은 일하는 데에 가장 큰 비중을 두고 있지만, 진정한 행복을 누리기 위해서는 노는 것에 더 비중을 두어야 한다고 생각한다. 행복은 즐거워야 하고, 가장 즐거운 것은 노는 것이기 때문이다. 건전한 놀이 문화의 대표적인 것은 역시 취미생활이며, 의미 있는 삶의 대표적인 것은 봉사 활동이다. 특히 은퇴 생활자에게는 더욱더 그러하다.

일은 은퇴 생활자들이 젊어서 이미 할 만큼 했고, 또한 전 편의 책에서 많이 다루었다. 놀기 위해 취미 생활을 하고, 의미 있는 삶을 살기 위해, 봉사 활동을 하면서 인생의 마무리인 죽음은 당하지 말고, 맞이하는 준비를 하는 것이 가장 좋다고 여겨진다.

그래서 이번 발간하는 네 번째 책에는 취미와 봉사 활동, 액티브 에이징과 부록을 묶어 발간하고자 한다.

차례

들어가는 말   *05*

제1장

취미 생활

1	나는 왜 바쁜가?	*13*
2	스포츠 활동	*16*
3	노래 부르기	*22*
4	가요 경연 대회 최우수상 수상	*30*
5	그림과 사진	*35*
6	디지털 문화 생활	*40*
7	메모	*45*
8	글씨 잘 쓰기	*50*
9	독서	*59*
10	일기 쓰기	*65*
11	눈이 내리면 눈사람을 만들자/글쓰기	*66*
12	수필 쓰기	*69*
13	시를 써 본다	*90*
14	책을 발간해 보자	*101*

15 기획 출판의 책 발간 성사되다   *108*

16 국어 문법을 다시 공부하다   *117*

17 블로그, 카페 및 밴드 관리   *125*

제2장

봉사 활동

1 자원봉사와 연애의 공통점   *131*

2 승용차 함께 타기   *140*

3 DJ 봉사 활동(추억의 DJ 음악실에서)   *146*

4 캄보디아 파견 봉사 활동   *153*

5 환경 감시 NGO 봉사 활동   *157*

6 수리산 지킴이 봉사 활동   *160*

7 기타 봉사 활동   *167*

제3장

액티브
에이징

1	나의 버킷 리스트	177
2	정년 이후를 어떻게 보낼 것인가?	181
3	인생은 물과 같다	187
4	나이	190
5	젊은이와 늙은 두 사내의 동거	196
6	FUN 인생	201
7	은퇴 준비와 실천	206
8	바람직한 노후 생활 (active aging)	216
9	노인 중심시대 부캐를 찾자	236
10	액티브 에이징 10계명	241

나가는 말   243

제 1 장

취미 생활

1   나는 왜 바쁜가?
2   스포츠 활동
3   노래 부르기
4   가요 경연 대회에서 최우수상 수상
5   그림과 사진
6   디지털 문화생활
7   메모
8   글씨 잘 쓰기
9   독서
10 일기 쓰기
11 눈이 내리면 눈사람을 만들자/글쓰기
12 수필 쓰기
13 시를 써 본다
14 책을 발간해 보자
15 기획출판의 책 발간 성사되다
16 국어 문법을 다시 공부하다
17 블로그, 카페 및 밴드 관리

가장 지혜롭고 행복한 사람은
남은 인생 즐겁게 웃으며
사는 사람이다.

1 나는 왜 바쁜가?

실업자가 과로사한다는 말이 있다. 나는 실업자와 같은 사람이나 엄청 바쁘다. 급여와 처우가 좋은 삼성에서, 소위 본전을 뽑기 위해 무지막지하게 일을 시킨다는 말이 회자되는 삼성 출신으로 뒤돌아보아도, 요즈음 생활은 삼성맨으로 생활할 때 못지않게 바쁘다.

사람들은 명함을 소지하고 다닌다. 퇴사하고 10여 년이 가까워 오는데, 그 기간은 나에게 명함이 없는 시간이었다. 그런데 얼마 전 명함이 생겼다. 군포에서 NGO 봉사 활동하고 있는 소속기관에서 명함을 제공해 주었다. 전국 환경 감시 협회 군포지

부 사무국장이란 명함이다. 명함 뒷면에는 보통 전직을 표기하는
데, 내 명함 뒤에는 현직만 적혀 있다.

경기도지사가 위촉한 경기도 환경 감시원, 군포시장이 위촉한
군포시 시민 감사관, 군포시 지속 발전 위원회 사회분과 위원, 산본
2동장이 위촉한 통장은 공익 활동이고, 군포시 늘 푸른 노인 복지
관에서 뮤직 박스 카페 DJ 실장과, 웰다잉 이야기 카페 운영실장을
겸하고 있다.

군포시 산하 공기업 감사 중

군포 시민이 된 지 4~5년 만에 이렇게 많은 역할을 하는 것이 다소 욕심을 부리는 것 같아 송구스럽다. 그러나 군포시의 구성원으로서 해가 되는 사람도, 있으나 마나 한 사람도 아니라, 군포시에 필요한 사람으로, 해야 할 역할을 하는 것이기에 부끄럽지는 않다.

취미생활로는 하루 평균 3시간 이상 탁구를 즐기고, 사진 찍기, 그림 그리기, 기타 치기도 같이한다. 복지관에 설치된 노래방 기기 앞에서 하루 3곡 이상의 가요 부르기도 진행형이다. 글을 쓰면서 교정보고, 책 발간 준비를 하다 보니 여기에 드는 시간도 꽤 많이 소요된다.

나의 이동 수단은 오토바이다. 교통이 막히고 주차가 어려운 여건에서 승용차로는 감당이 되지 않는다. 오토바이가 제격이다. 오늘도 애마 PCX 125 오토바이로 바람을 가르며 바쁘게 움직이고 있다. /2019. 10.

2 스포츠
활동

중산층의 개념은 아파트 평수로 정해진다는 말이 있지만, 서양은 의식주가 해결된 정도에 적어도 아마추어 수준에서 선수 생활을 할 정도의 스포츠를 하나 이상 즐기고, 악기 하나 이상 다루는 조건이 갖추어져야 중산층으로 분류된다고 한다. 이러한 기준에서 나도 중산층인가 점검해 보니 스포츠는 해당이 되는 것 같은데, 악기를 다룰 수 있는 것이 없어 환갑을 넘어 시작해 본 것이 기타이다. 지금 다섯 곡 정도는 노래 부르면서 연주하는 초보 수준이다. 10여 곡 수준을 연주하면서 즐기고자 하는 것이 내 목표이다.

이 글에서는 스포츠에 대해 정리해 보고자 한다. 나는 우리 큰 아들을 보면서 내 어릴 때를 생각하게 된다. 나도 어릴 때는 무척 개구쟁이였지만 어른이 되면서 너무 느긋해졌다는 말을 들었다. 큰아들은 어린 시절 고향 집에 내려가면 주변 사람들이 태풍이 나타났다고 했지만, 지금은 양처럼 조용하고 느긋하다.

거실에서 기타 치는 모습

　어린 시절 시골에서는 놀 거리가 없어 우리가 즐긴 것은 주변 벌집을 부수러 다니는 것이었다. 산이나 들로 나가 땅속에 지은 오빠시(땅벌)라고 불리던 벌집이 주로 타깃이었다. 그 무섭다는 말벌집도 많이 부수며 다녔다. 그물망 등 아무런 보호 장비도 없이 삽 하나만 들고 무모하게 부수다가 종종 쏘이기도 했지만, 나중에는 거의 한 방도 쏘이지 않고 부숴대는 전문가 수준이 될 정도였다. 지금처럼 벌집이나 애벌레가 필요해서가 아니라 단순히 벌집을 부수는 스릴과 재미로 그랬었다.

　많은 시간을 높은 나무 꼭대기까지 올라가 그곳에서 자리 잡고

놀기를 좋아해서 원숭이가 나무에서 노는 것 같다는 얘기를 들었다. 높은 나무 위에서 이쪽저쪽 옮겨 다니며 점프하여 서커스 하듯 놀았기 때문이다.

학교 운동회 때는 기계 체조 선수로 발탁되어 철봉이나 기구를 이용해 묘기 부리는 걸 즐겼다. 한때는 에이스급은 아니었지만, 배구 선수 생활을 했었다. 주먹만 한 고무공으로 마을 대항 별 축구 놀이도 많이 했다. 마을 단위에선 에이스급이었다.

직장 생활할 때도 배구와 축구 경기가 있으면 언제나 선수로 발탁되었다. 대부분의 사람은 한 가지 스포츠를 잘하면 운동신경이 발달하여, 다른 운동도 잘 할 수 있다. 농구와 야구는 고등학교 시절 즐겼었고, 볼링은 사회생활 하면서 해 보았지만, 잘한다기보다는 그냥 참여하는 정도의 수준이다.

골프는 30대 중반에 시작했지만, 제주 생활 10년 동안 맘껏 즐겼다. 제주에선 18홀 정규 CC에서 5만 원 미만으로 즐길 수 있는 여건이어서 봉급생활자들도 부담이 없었다. 그런데 골프 자질은 별로인지 싱글은 한 번도 해 보지 못했다. 80대 중반을 유지하는 수준이었다. 월 2~3회 필드에 나가면서 80대 중반을 유지하는 것도 그리 쉬운 수준은 아닐 것이다. 그런데 한 번 큰 사고를 쳤다. 홀인원을 한 것이다.

모 실내 골프장에서 주선한 100여 명이 골프장을 통째로 빌려 단체로 간 골프 대회 행사에서 난생처음 '홀인원'이라는

것을 했다. 나는 홀인원 보험을 들어 놓지 않았기에 남들이 홀인원하고 베푸는 정도의 푸짐한 행사는 하지 못했고, 100여 명이 넘는 실내 골프장 회원들에게 떡을 돌리고 그날 멤버였던 4명에게 다음 골프비용을 한 번 더 지불하는 것으로 해결했다.

내가 즐기는 대표 스포츠라고 하면 배구나 축구였고, 현재는 탁구다. 초등학교 복도에 낡은 베니어판으로 만들어진 탁구대가 있어, 그곳에서 탁구 치며 노는 재미가 쏠쏠했다. 중학교 시절에는 왕복 20km를 걸어 다니느라 탁구를 즐길 여유가 없었으나, 고등학교 시절에는 학교 주변에 탁구장이 있어 즐길 수 있었다. 사회 생활

하면서도 탁구 동아리에서 제법 활동했다. 그러나 전문가에게 제대로 배운 적은 한 번도 없었다.

그래서 '폼은 엉성하지만, 시합에는 강하다'라는 말을 많이 듣는다. 초등학교 시절부터 탁구채를 잡았으니 경력과 노련미로 쳐 댄다. 그래서 연습경기를 하면서 제법 잘 치는 사람도 나와 시합하면 내가 이기는 경우가 종종 있다.

이젠 나이가 어느덧 예순다섯을 넘어 시합을 나가도 시니어 그룹으로 나간다. 노인 복지관 내 시합에선 순위권에 종종 드는 편이고, 군포 시장기 대회에서 3위 입상을 했다. 가장 큰 대회는 서울 올림픽 공원 체육관에서 열린 전국 시니어 탁구 대회에서 순위에 들지 못했지만, 전국 대회에 참가했던 것만으로도 자랑스럽게 여기고 있다.

어찌 됐든 스포츠는 건강관리에 가장 효과적인 것도 있지만, 여가선용, 스트레스 해소, 소통 등에도 많은 장점이 있다. 그 많은 스포츠 중 나는 특히 구기 종목을 좋아하고, 지금까지도 탁구를 가장 많이 즐기면서 생활하고 있다.

탁구는 충분히 전신 운동이 되며, 적은 비용, 적은 인원이 함께 할 수 있다. 위험성이 낮으며 주변의 근접 거리에서 할 수 있는 운동이기에 노인이나 여성분들에게 특히 권장하고 싶은 운동이다. /2019. 09.

3 노래
부르기

나는 음치 중의 음치였다. 노래방에 가면 분위기를 깨는 용서 받지 못할 죄인 중의 죄인이었다. 그러나 요즈음에는 제법 노래를 잘 부른다는 평가를 받기도 해, 노래 경연 대회에 나가 3번 도전 끝에 최우수상도 받아 보았다. 그렇게 되려면 다른 왕도가 없다. 그냥 많이 연습해 보는 것이다.

'흥' 문화가 탁월한 대한민국에 살면서 가사를 외울 수 있는 노래가 하나도 없다든가 노래방 기기 도움 없이는 단 한 곡도 부르지 못한다는 것은 개성이라기보다는 주변과 어울릴 수 없는 안타까운 일이 아닐 수 없다. 평생 자신 있게 부를 수 있는 노래가 한두 곡도 없다는 것은 불행한 일이 아닐 수 없고, 그러한 노력을 시도해 보지도 않았다는 것은 너무 구차한 변명이라고 생각한다.

스마트폰이 없던 시절 선배들은 불편했지만, 자신의 노력으로 노래를 배웠지만, 최근엔 스마트폰을 이용하면 편리하고 쉽게 노래를 배울 수 있는 세상이 되었다.

대중가요 한 곡을 부르는 데는 보통 3~4분이 소요된다. 이 3~4분은 본인이 맡은 배역이라고 생각하고, 배우가 되어 관객을 위해 최대의 끼를 발휘해 보겠다는 각오로 임하면 좋은 결과가 나올 것이다. 배우들은 영화나 드라마를 다 소화해 내는데, 일반인들은 자신에게 주어진 3분을 위해 준비하여 노력하면 어떠한 노래도 소화해 낼 수 있다. 수많은 노래 중 자신이 가장 좋아하고 잘할 수 있는 곡을 선택해서 아래 방식을 참고로 최소 100번 이상 연습하면 된다. 성공 법칙 중에 '100번 법칙'이란 것이 있다. 안 된다고 포기하지 말고 안 되면 100번을 반복해 보라는 것이다. 나는 노래를 배우면서 이 법칙의 효과를 톡톡히 보고 있다.

너무 욕심내지 않고, 언제든지 노래할 수 있는 확실한 애창곡을 준비해 두고, 앙코르를 위해 1~2곡 더 준비한다면, 어떠한 자리에서도 자신 있게 노래 부를 수 있는 자신감이 생길 것이다. 그 이후 10곡이든 100곡이든 늘리는 것은 그다음의 문제이다.

요즈음엔 TV 등을 통해 3~4살 된 어린이들이 유행가를 부르는 것을 자주 본다. 그런데 우리는 고등학교 다닐 때만 해도 학생들은 대중가요를 부르면 불량 학생으로 취급받았고, 심지어는 드라마를 봐서는 안 된다고 교육을 받아왔다. 나는 모범생처럼 그러한 것들을 철저하게 잘 지켰다.

그런데 취직하여, 음치 인의 한사람으로 사회생활을 하다 보니 문제가 되었다. 1970년대 중반 사회 초년생 시절, 경제 성장기로 호황이 계속되고, 나라가 흥청거렸다. 술자리도 많았고, 가라오케를 거쳐 노래방 기기들이 등장하면서, 노래를 부르지 못하면 따돌림을 받는 분위기였다. 내 차례가 되면 나는 어쩔 수 없이 교과서에 나오는 가곡을 불러, 항상 분위기를 깨는 주범이었다.

어쩔 수 없이 분위기 깨는 주범을 면해보려 결심하고, 한동안 열심히 노래 연습에 매진했다. 카세트를 준비해 출·퇴근 시간을 활용했고, 휴일이나 집에 와서도 방에 틀어박혀 약 3개월 정도 열심히 매달렸다. 그러고 나니 제법 자신이 생겼고, 마이크를 잡고 노래 부르는 데 별 무리가 없었다.

한 번은 전국 경제인 연합회에서 각 산업계 실무자들을 초청하여 2박 3일간 전국 경제 현장을 둘러보는 기회가 있었다. 당연히 저녁에는 술자리가 벌어졌고 각자 노래를 부르게 되었다. 내가 두각을 나타내 그날 앙코르를 연이어 받으면서 노래 잘하는 사람으로 알려졌다. 그 일이 있고 나서 그 참석자 중 한 사람이, 우리 직장 사람을 만났는데, 이름이 기억나지 않으니 "당신네 회사 그 노래 잘하는 사람 있지 않느냐?"라고 말을 걸어오더란다. 그는 내가 우리 직장에서는 음치로 소문난 사람이라 그 사람이 나인 줄은 꿈에도 몰랐다고 했다.

나의 생활 터전인 노인복지관에 노래방 시설이 되어 있다. 노래방 동호회 회장을 맡았고, 요즈음도 매일 그곳에 들러 하루 3~4곡씩은 부른다. 뮤직 박스 DJ 음악 실장을 맡아 날마다 음악에 대한 정보를 수집하고 노래를 생활화하고 있다.

집안에도 노래방 기기를 설치했다. 은퇴하고 지역에서 통장 일을 맡게 되었다. 통장은 대한민국 공무원 중 제일 말단이라고 한다. 그래서 20만 원의 월급이 나온다. 3개월분 60만 원을 모아 거실에 노래방 기기를 설치해 놓았다. 아내도 외출하여 혼자 있을 때 이웃에 방해되지 않게 볼륨을 낮추고 종종 노래를 불러본다.

이젠 노래방 기기 도움을 받으면 100여 곡 이상 소화할 수 있다.

가사가 나오지 않는 곳에서도 20여 곡 정도는 소화할 수 있다. 다소 부르기 어려운 노래도 도전하여 나름 여러 곡도 자신 있다. 평상시 즐겨 부르는 바람의 노래(조용필), 내 하나의 사랑은 가고(임희숙), 애가 타(장윤정), 슬픈 인연(나미), 내일(김수철), 멍에(김수희), 이름 모를 소녀(김정호), 천년지기(유진표) 등이다. 대체로 소화하기 힘들었던 노래로는 '너무 아픈 사랑은 사랑이 아니었음을'(김광석), '열애'(윤시내), '그중에 그대를 만나'와 '인연'(이선희), '잊지 말아요'(백지영), '여러분'(윤복희), '님'(김정호) 등이 익히기에 힘들었다. 어느 것은 정복하려고 300번 이상 반복한 것도 있다.

그냥 노래방에서 노래를 제법 부른다는 소리를 들을 정도이지 노래 경연 대회에 나갈 정도는 아니다. 복지관 주관 경연 대회에서 예선을 통과한 사례가 있고, 송해가 진행하는 전국노래자랑에는 예선에서 탈락했다. 나는 이 정도에서도 만족하지만, 노래 경연 대회는 몇 차례 더 도전하여, 적어도 입상은 해 보겠다는 각오를 가지고 더욱 열심히 노력한 결과 2020년도 복지관 주최 경연 대회에서 최우수상을 받았다.

내가 노래 하나를 정복하는 과정은 이렇다. 예전과 다르게 나이가 들다 보니 가사를 암기하는데도 몇 배의 노력이 더 필요했다.

1. 우선 노래 선곡은 자신이 가장 좋아하고 가장 잘 할 수 있는 곡을 고른다. 아무리 노래를 잘 부른다 해도 선곡이 잘못되면 도로아미타불이다.

2. 인터넷에서 악보를 다운받아 준비한다. 악보로 익히면 음정과 박자를 정확하게 구분할 수 있다.
   ▶ 쉼표, 16분음표 등을 집중적으로 체크한다.

3. 유튜브에서 노래를, 영상(MP4)으로 다운받을 수 있는 앱(예 music tube player)으로 다운받고, MP3(영상 없는 노래)를 다운받는 앱(예 4shared)을 이용하여 MP3도 더 확보한다.
   ▶ MP4는 원 가수용과 노래방용 화면을 동시에 확보한다.

* 항시 유튜브를 이용하게 되면, 비용이 발생하고, 연속 듣기가 불편하여 다운받아 놓고 활용하는 것이 훨씬 더 편리하다.

4. 인터넷에서 그 노래가 탄생한 배경이 있으면 그것도 찾아서 음미해 본다.

5. 원곡을 MP3 또는 MP4 반복해서 듣거나 시청한다.
   ▶ 서재에서는 MP4로, 이동 중에는 이어폰 또는 브루투스를 이용 MP3를 활용한다.

6. 가수의 원가수도 있지만, 미스트롯 등, 같은 곡을 다른 가수들이 부른 노래도 자주 들어본다.

7. 어느 정도 습득이 되면 노래방용 영상(MP4)으로 마치 노래방에서 부르는 것처럼 연습한다.

8. 악기(유튜브엔 색소폰 반주가 많음)로 반주만 나오는 영상으로 연습한다.

9. 노래에 자신이 붙으면, 자신만의 감정을 이입해 보는 기교를 부려 본다.

이렇게 여러 곡보다는 자신이 좋아하고 잘할 수 있는 노래를 언제 어디서든 악보나 가사 없이 부를 수 있도록 애창곡을 정해 놓고 앙코르를 위해 1~2곡 정도 더 준비해 놓는다. 그러면 어느 자리에서든 분위기를 깨지 않고 노래를 잘 부를 수 있다. 이때 자신의 애창곡 정도는 노래방 기기(금영 또는 태진)의 고유번호(예 칠갑산 : 777/태진)를 같이 알고 있으면 편리하다. 외우든 수첩이나 핸드폰 메모장에 기록해 놓으면 편리하다. 적어도 자신의 애창곡은 노래방 책을 뒤져 찾지 말고 바로 입력할 정도가 되면 좋다. /2019. 10.

4 가요 경연 대회
최우수상 수상

    한동안 웰빙이라는 단어가 유행하다가, 이젠 웰다잉이란 단어도 이에 못지않게 등장한다. 그리고 웰다잉을 준비하면서 나타나는 것이 버킷리스트를 작성하여 도전해 보는 것이다. 요즈음 종편 방송 TV조선에서 송가인과 임영웅을 배출했고, 원로가수 나훈아가 '테스 형'을 소개하면서 한국 사회는 트로트 열풍이 일고 있다.

    나의 버킷 리스트 중에는 가요 경연 대회에서 입상해 보는 것이 들어 있다.

    사람은 누구나 장단점을 가지고 있어, 잘하는 것도 있고 못 하는 것도 있다. 내가 못하는 것 중의 하나가 노래이다. 나는 선천적으로 음치이다. 어머니와 아버지가 노래하는 것은 물론 혼자서 흥얼거리는 소리를 단 한 번도 들어본 적이 없다. 나의 7남매도, 나의 자식들도 노래에 소질 있는 사람이 없다. 나도 직장 생활하기 전까지는 누구 앞에서 노래를 불러본 적이 단 한 번도 없다.

직장 생활 초기에도 일은 잘한다는 소리는 많이 들었지만, 회식을 마치고 2차 노래방(그 시절 가라오케)에 가면 나는 분위기를 깨는 역할을 많이 했다. 내가 나서지 않아 듣기만 하면 되는데, 의무적인 자리에서 순서대로 부르다가 내 차례가 되면 알고 있는 대중가요(트로트)가 없어, 간신히 학창 시절 배운 가곡 정도 부르는데 그것도 음정과 박자가 엉망이었기 때문이었다.

사람은 못 하는 것은 빨리 포기하고 잘하는 것을 취사선택해서 나가는 것이 성공의 지름길이다. 즉 '선택과 집중'을 해야 한다. 그런데 나는 이 못하는 노래를 빨리 포기하지 않고 '안 되면 될 때까지'라는 슬로건으로 어느 정도 분위기에 맞추는 정도의 수준으로 올려놓고 보자는 노력을 했다. 그래서 70년대 후반 그 시절 일제 소니사의 소형 카세트를 비싸게 사서 열심히 노래를 배우기 시작하여 노래방에 가서도 제법 노래를 부른다는 소리를 듣게 되었다. 그러다가 한동안 노래를 부르지 않아 음치로 돌아오는 데는 그리 오래 걸리지 않았다.

나는 비교적 상(賞) 운이 있어 제법 많은 분야에서 상을 받았다.

총리상을 비롯하여 장관상 이상만 3개가 있고, 직장 내 상은 헤아릴 수 없다. 군포에서 노년의 둥지를 틀고 봉사활동을 활발히 하면서 4년 만에 도지사상을 포함하여 받은 시장상 등 4개도 포함된다. 재능 분야로는 노년에 접어들어 취미로 즐기면서 사진전, 수필 전, 인터넷 경연 대회 등의 상도 있다. 운동 분야에선 군포시의 시니어 분야에서 탁구로 입상했다. 경기도 노인회에서 주최한 시니어 영상 제작 지식인 선발 대회에도 출전하여 장려상을 받았다.

그런데 음악이나 노래 분야에는 받아 본 상이 없다. 그래서 노래 분야에서도 상을 타보자는 욕심이 생겼다. 역시 '안 되면 될 때까지' 해 보는 것이다. 다시 노래 동아리에 들어가 봉사 직인 대표를 맡아 일했고, 카페에서 음악 DJ 봉사 활동을 하면서 나름 준비하기 시작했다.

작년에 심사 위원장이 이 경연 대회에 나오려면 노래방에 가서 적어도 10번 이상은 연습하고 오라고 했는데, 300번 이상은 불러 본 것 같다. 노래방 기계 앞에서 10번 부르면 5번은 100점이 나올 정도로 연습했다.

물론 당연히 나 같은 음치가 이 분야에서 상을 타려면 무대가 좁아야 한다. 송해가 진행하는 전국노래자랑 같은 곳은 무모하기 때문이다. 마침 내가 봉사활동을 하는 노인복지관에서 매년 시니어를 상대로 한, 좁은 무대의 '가요경연대회'가 열린다. 내가 도전해 보기에는 아주 최적의 조건이다. 그런데도 한 번은 예선에서 탈락했고, 한 번은 예선은 통과했지만, 참가상을 타는 데 만족해야 했다. 올해가 세 번째 도전인데 이번은 코로나 사태로 인해 비대면 경연대회라서 각자가 노래한 내용을 비디오로 촬영해서 제출하면 그 중 10곡을 예선 통과해서 이 영상을 유튜브에 올려 '잘해요-엄지척'을 받은 숫자를 심사점수와 합산하는 방식이다. 요즈음 TV에서 나오는 미스, 미스터 트로트의 심사를 모방한 방식이다.

나는 내가 좋아하는 노래 10곡을 가지고 준비해서 각각 50번 정도 불러보고 나서 5곡으로 줄이고, 다시 3곡으로 줄였다가 마지막에 김정호의 '이름 모를 소녀'와 김수희의 '멍에'로 좁혀졌다. 원래는 '이름 모를 소녀'를 하려 했는데 막상 촬영에 들어갈 때 마음에 들지 않아 '멍에'로 바꿔 올렸다.

내가 제출한 영상이 예선을 통과했다. 10명이 통과되었는데 이 곡이 유튜브에 올려졌다. 상위권으로는 2~3명이 좁혀졌다. 노래를 잘 부른 사람한테 조회 수도 늘어났고, 좋아요 클릭 수도 이들한테 집중됐다. 한 사람은 매년 상위권에 들었고 작년에 2위를 한 여성분인데 좋아요 클릭수가 단연 앞서갔다. 조회 수는 나한테 약간 뒤졌다. 3위권이 따라오다가 다소 쳐졌다.

예상대로 그 여성분이 대상을 차지했고, 나는 2위권인 최우수상을 받았다. 나의 목표는 입상권인 4위 이내였으니 목표 그 이상이다. 이 시도는 그냥 해 본 것이 아니고 목적을 갖고 최선을 다해 준비했기 때문에 결과에 만족한다.

그리고 나의 버킷리스트 하나가 완성된 것이다. 음치가 이뤄낸 성과이기에 더욱 의미가 있다. /2020. 10. 24.

5 　그림과
　　　사진

　내가 즐기는 취미 생활로는 그림과 사진도 있다. 사진은 사진기로 빛을 이용하고, 그림은 붓과 물감(혹은 필기도구 등)을 이용하여 표현하는 예술 분야이다. 사진은 찰나의 작품이고, 그림은 많은 시간이 소요되는 작품이기도 하다. 사진은 진실만을 나타낸다고 하지만, 최근에는 포토샵 등을 활용하여 보정 기능이 추가되면서 그림과 구분이 모호해지고 있다.

　학창 시절 미술 과목은 있었지만, 사진 과목은 없었다. 그런데 요즈음엔 많은 사람이 미술은 생활화하지 못하고 있다. 사진은 핸드폰의 영향도 있지만, 동호인도 많고 취미 생활을 하는 사람도 많아졌다. 주민 센터, 복지관, 여성회관 등에서 사진 찍는 법을 가르치는 곳도 많다.

　초등학교 시절 미술을 잘 그린다는 평을 받아 내 그림이 교실 벽에 걸려 있기도 했다. 중학교 때는 경진 대회에 나가 상을 탄 적도 있다. 그러나 미술은 고등학교 시절 이후 손을 놓았다. 옛날 생각이 나서 60대 중반에 다시 주민 센터에서 개설한 수채화 반에 들어가 다시 붓과 물감으로 시작해 보고 있다. 아직 초보 수준이지만, 데생을 몇 개 시도해 본 후 내 자화상을 그려 보았다. 어설프지만 마음에 들어 나의 대표 사진으로 활용하고 있다. 이 자서전의 표지에 사용된 자화상이다. 서두르지 않고 취미 생활로 계속하려고 한다.

어느 한겨울, 고등학교 절친한 친구로 용산 전자 상가에서 오디오 가게를 운영하고 있는, 고태환이란 친구가 무게도 제법 나가는

군포 철쭉동산에서 사진 촬영 중

니콘 D2라는 커다란 카메라를 메고 제주에 내려와, 한라산에 같이 올라가자고 했다. 무작정 따라갔다. 눈이 하얗게 쌓인 한라산 깊숙이 들어가, 그는 수백 장의 사진을 찍어댔다. 얼마 후 친구가 찍은 사진을 몇 장 보내왔다. 사진이 그렇게 아름답다는 것을, 그때 새삼스럽게 느꼈다. 그 친구는 아마추어지만 사진 강의도 나가는 수준이다.

사진은, 예순이 가까워져 오면서 직장 생활을 마치고, 산을 찾아다니고 여행을 많이 하다 보니 사진 욕심이 생겼다. 고태환에게 전화를 걸어 카메라 한 대를 사서 보내라고 했더니, 자기가 쓰다가 창고에 넣어둔 것이 있다며, 이 사진기로 한동안 익힌 다음 나중에 사라고 했다. 기종은 니콘 D20이었다. 제주 생활을 하면서, 문화원에서 사진 기자 출신이 강의하는 과정에 들어가, 약 6개월 과정 수업을 받았고, 이후 사진작가가 가르치는 곳에서도 6개월 과정을 이수했다.

군포에 이사 와서, 여성 회관과 복지관에서 개설한, 사진반에서도 사진작가가 교습하는, 약 1년 과정을 수료했다. 나름 많은 사진을 찍어 보았다. 다루는 것이 서툴러 렌즈도 망가졌고, 친구가 준 카메라도 말썽을 부렸다. 그래서 다시 산 것이 니콘 D800 기종이다. 이 기종부터 고급으로 분류되는 풀 보디 기종이다. 카메라는 크고 비싼 것이 좋은 것이 아니다. 자신의 촬영 목적에 맞고, 능숙하게 다룰 수 있을 만큼 손에 익어, 필요한 순간에 사진을 찍을 수 있는 카메라가 가장 좋은 카메라다. 그런 면에서 스마트폰 카메라도 잘 활용하면 굳이 무겁고 비싼 DSLR 카메라를 준비하지 않아도 된다.

좋은 사진이란 선명한 사진이 아니다. 선명한 사진을 찍으려면 자동모드에 놓고 찍으면 된다. 그런 면에서 핸드폰이 선명한 사진을 찍기에 가장 편리하다. 좋은 사진은 선명한 사진이 아니고 자신의 의도가 반영된 사진이다. 일반적으로 흔들리고 초점이 맞지 않으면 잘못된 사진이지만, 그러한 의도가 반영된 사진이라면 초점이 맞지 않아도 좋은 사진이 될 수 있다.

사진은 찍는 기술만 익혀서는 안 된다. 스위시, 포토샵과 동영상을 겸해야 한다. 이 세 가지 과정도 교습 과정에 열심히 참가하여 불편하지 않도록 다루고 있다.

요즈음엔 행사가 있으면 카메라로 찍어, 인화하지 않고 카톡이나 메일로 전해주어 편리하다. 어떤 사람은 나를 사진작가라 소개

한다. 제발 그런 말 하지 말라고 윽박질러도 소용없다. 재능 기부 봉사라는 생각으로 하고 있다. 아직은 복지관의 동호인들이 함께 전시하는 곳에 합류하는 정도이다.

그림과 사진은 취미생활로 즐기며, 사진은 재능기부 봉사로 계속하고 싶다. 그림과 사진 몇 장은 나중에 액자에 넣어 나의 고희 때 연회장 주변에 전시해 놓고 하객들에게 구경 시켜 드리는 정도로 만족한다. /2019. 10.

6 디지털
문화 생활

　세상은 변한다. 최근 가장 큰 변화는 아날로그 시대에서 디지털 시대로 바뀐 것을 우선 꼽을 수 있다. 시대가 바뀌면 그 시대에 맞게 적응하면서 살아가야 한다. 사람에 따라 적응 시점에 차이가 있을 수 있다. 빨리 적응하는 사람이 있는 반면 막차 타듯 뒤늦게 좇아오는 사람도 있다.

　시대에 적응하기 위해서는 우선 도전하는 마인드부터 갖고 변화해야 한다. 그러기 위해서는 그만큼 노력과 비용이 더 많이 든다. 늦으면 적은 비용으로 쉽게 배울 수 있지만, 앞서갈 수는 없다.

　나의 삶을 되돌아보면 변화에 잘 적응하고, 도전정신이 있다고 볼 수 있다. 특히 디지털 시대에 비교적 남들보다 도전하면서 살아왔다고 생각한다.

1975년도에 직장 생활을 시작했다. 그 시절 타자는 수동식이었으며 여자 상업고등학교 출신들이 맡아서 했었다. 그때 쥐꼬리만한 월급이었지만, 급여 대비 지출이 큰 타자기를 개인용으로 사서열 손가락으로 타자를 치기 시작했다.

70년대 후반에는 컴퓨터가 보급되기 시작했다. 16비트가 거의중고 찻값과 맞먹는 때인데, 보급형 8비트짜리 컴퓨터를 개인용으로 구입했다. 비싸게 샀지만, 너무 빠르게 업그레이드되어, 용량이부족하고 느려져서, 얼마 쓰지 못하고 버려야 했다. 그러나 낭비라고 생각하지는 않았다. 그만큼 먼저 적응해서 사용했기 때문이다.회사의 상사들은 타자기로 충분한데 왜 비싼 컴퓨터를 설치하려느냐고 반대가 심했다. 간신히 설득하여 컴퓨터를 설치하였고, 판매사에서 강습하는 교육도 제일 먼저 받았다. 그 시절 상사는, 남자간부가 컴퓨터를 다루면 채신머리없다고 핀잔해서 상사 몰래 연습하기도 했다.

1996년 국내 최고 엘리트 집단인 삼성의 스카우트 제안을 받아 직장을 옮겼다. 그 시절 삼성에서는 그룹 내에서 컴퓨터를 생산하여 개인별로 지급하였으며, 이건희 회장은 모든 직원에게 컴퓨터자격증을 따라고 지시하였다. 문서 기안과 결재도 전부 컴퓨터로

해서, 종이 없는 사무실로 만들라는 것이었다. 대신 과장 이상 간부들은 이론시험만 통과하면 되었다. 시험과목은 워드, 엑셀, 파워포인트, 인터넷이었다. 나는 부장이었지만 대리 이하가 시도하는 과정에 들어가 실기시험까지 통과했다. 그래서 엘리트 집단, 특히 간부 중에서 컴퓨터 실력은 남들보다 탁월하였다. 부하 직원에게 지시할 때도 급한 사항이 아닌 내용이라면, 그 직원의 업무에 방해되지 않도록 부르지 않고, 문자메시지나 메일로 보내주었다.

그 시기에 홈페이지 작업에도 도전하여 만들어냈다. 요즈음엔 다음이나 네이버 같은 데서 제공하는 블로그를 활용하면 누구나 쉽게 개인용 홈페이지를 만들 수 있지만, 초기에는 HTML 용어로 만들어야 하는 대단히 복잡한 과정이었다. 태그니, FTP 클라이언트 등 용어도 생소했다. 이것도 인터넷 강의를 통해 만들어 냈고, 이것이 발전하여 방문객 200만 명에 달하는 웹사이트를 운영하게 되었다. 노트북을 다시 구매했고, 아내도 컴퓨터를 제법 다루면서 사진 작업을 하기에 아내의 개인 컴퓨터도 별도로 설치하여, 우리 집은 2식구에 컴퓨터가 3대다.

2000년대 초기에 사진을 배우기 시작했는데, 카메라도 디지털 시대가 열리면서 편리하게 되었다. 카메라도 종류가 너무 많고 고급 기종은 가격도 만만치 않았다. 캐논과 니콘이 대세를 이루는데, 풀 보디라고 하는 기종부터는 고급 기종으로 분류된다. 나는 다소 부담이 되었지만 풀 보디 기종인 니콘 D800 기종을 구입했다. 사진 찍는 이론 교육도 교육기관을 바꿔가며 여러 차례 받았고 제법 많이 찍어보면서 중급 과정의 포토샵도 거쳐 이젠 사진도 제법 잘 찍고 포토샵 편집도 아마추어 수준에서는 잘 다루고 있다.

요즈음 디지털의 대세는 아무래도 스마트폰이다. 디지털의 결정체라 볼 수 있다. 전화는 기본이고 카메라, 녹음, 인터넷 기능이 전부 있기 때문이다. 문제는 얼마만큼 다룰 수 있느냐다. 비싼 스마트폰을 구매 전화를 주고받는 데만 사용한다면 낭비고, 그만큼 불편하게 사는 것이다. 시대가 좋아져서 노인들에게도 스마트폰 사용을 가르쳐 주는 곳이 많이 생겼다. 종교 시설, 주민 센터, 복지관 등에서 무료 또는 저렴하게 가르쳐 준다. 나는 복지관에서 배웠다. 초급, 중급과정을 거쳐 강사 양성 과정까지 이수했다. 스마트폰 활용 경진 대회에 나가 만점을 받아 최우수상을 받기도 했다. 스마트폰을 바꾸게 되는 것은 용량 때문이다. 그만큼 편리하게 많이 활용한다는 의미이다. 기본 32기가가 모자라 64기가 메모리를 넣었는데도 용량이 부족하여 어쩔 수 없이 124기가로 교체했다. 전화, 카톡, 사진은 기본이고, 금융, 증권, 상품구매, 유튜브, 뉴스, 내비게이션까지, 수십 개의 앱을 다운로드해 사용한다.

최근에 겪었던 사례를 소개해 본다. 나의 이동 수단은 오토바이다. 위험하긴 하지만 저렴하고 주차가 쉽고 빠르다는 이유로 사용하고 있다. 오토바이에 스마트폰의 내비게이션을 켜고 안내를 받으며 달리다 고속도로로 진입하게 되었다. 오토바이는 고속도로 진입이 금지되어 있다. 앱을 다시 검색하여 오토바이용 내비게이션이 있다는 것을 알게 된 후부터는 고속도로로 진입하는 일은 없다. 이처럼 스마트폰을 잘 활용하면 그만큼 편리하게 살아갈 수 있다.

2020년도에는 경기도 노인회에서 주최한, 스마트폰을 활용한 동영상 편집 지식인 경진 대회에서 출전하여 장려상을 받았다.

요즈음엔 주변 사람들, 특히 노인들에게는 나도 수시로 알려주지만, 스마트폰 과정에 입교하여 최소 3개월 이상 배우라고 설득한다. 거부하다가도 배우고 나선 고마워하고 좋아한다. 노인도 젊고 편리하게 살아가려면 스마트폰을 적절하게 활용할 줄 알아야 한다. /2020. 12.

퇴직 후 즐기는 삶

7 메모

경험의 문제점은 배운 것 중 많은 부분을 잊어버린다는 점이다. 순간 떠오르는 아이디어, 대화의 한 구절, 텔레비전이나 라디오에서 보고 들은 것들, 신문이나 책의 글귀, 그 밖의 눈으로 본 것이나 속담 등을 메모하는 습관을 들이는 것은 매우 필요하다. 침대 옆에 메모지와 필기구를 항상 비치해 두어야 한다.

16년 동안 국제선 일등석 객실에서 퍼스트 클래스 승객을 서비스한 미즈키 아키코는 스튜어디스 출신으로 〈퍼스트 클래스 승객은 펜을 빌리지 않는다〉라는 책을 출간했다. 이 책은 150만 부 이상 팔렸다고 한다. 퍼스트 클래스를 타는 승객은 성공한 사람들인데 그들은 무엇이든 기록하는 습관 때문에 반드시 품 안에 자신만의 필기구를 지니고 있기 때문이다. 항시 펜을 빌려달라고 하는 사람은 성공할 수 없다. 이노디자인의 김영세 회장은 메모지 달라는 손님으로 소문이 나서 항공사 승무원에게 스케치북을 선물받았다는 에피소드가 있다고 한다. 메모하는 습관은 본받을 일이지만, 매번 승무원한테 메모지를 달라고 하는 대신 메모지는 항시 본인이 준비하고 다니는 것이 더 좋았을 것 같다.

부지런히 메모하라, 쉬지 말고 적어라, 기억은 흐려지고 생각은 사라진다, 머리를 믿지 말고 손을 믿어라, 메모는 생각의 실마리다, 메모가 있어야 기억이 복원된다, 습관처럼 적고 본능적으로 기록해라, 다산 정약용의 말이다.

기억력을 강화하고 확장하려 애쓰지 말고, 유명한 구절이나 좋은 말을 기록하는 습관을 먼저 가져야 한다. 아이디어의 옳고 그름은 그리 큰 문제가 되지 않고 단지 관심을 끌 만한 것이면 된다. 잠을 자던 중, 또는 꿈속에서 너무 좋은 아이디어라서, 당신은 내일 아침에 반드시 기억해 내리라 다짐했지만, 그 아이디어는 꿈만큼이나 빨리 사라져버려서 다시 떠오르지 않은 경험이 있을 것이다. 언제 어디서나 멈추지 않는 메모가 시간과 아이디어를 만들어 준다.

기록한 메모는 너무 자주 볼 필요는 없다. 메모장 전체를 훑어볼 가장 좋은 시간은 기차 여행 시, 비행기를 기다리는 동안, 또는 휴가 때 등이 좋다. 메모장을 쭉 훑어보면 다양한 연결 고리들이 눈에 들어오기 시작한다. 지금까지 아무런 연관이 없던 요소들이 하나로 합쳐지고, 좀처럼 하나가 되기 힘든 것들이 상호 작용하여, 평범한 메모장을 새로운 아이디어의 온상이 되게 한다.

GE 잭 웰치 회장의 '1등 아니면 2등 전략'은 1983년 1월 레스토랑에서 식사 도중 떠오른 아이디어를 칵테일 냅킨에 메모하면서 탄생했다.

잭 웰치 회장의 냅킨 메모지

삼성이 기업을 주도하고 있는 것 중의 하나가 기록 문화가 아닌가 싶다. 삼성맨들은 회의 때는 물론이고, 사람을 만날 때도 대부분 삼성맨이라면, 누구나 가지고 있는 고급 천연가죽으로 배포된 메모 수첩을 펴들고, 열심히 메모하는 모습을 쉽게 볼 수 있다. 윤종용 삼성전자 부회장도 '메모'로 인해 이건희 회장에게 칭찬을 받은 일이 있다. 1990년대 초반 삼성전자 임원들과의 간담회에서 이 회장이 과거 지시

한 내용을 묻는, 질문을 받고 주저함 없이 메모 수첩을 꺼내 이 회장이 지시한 80여 가지 내용과 대안을 조목조목 대답할 수 있었기 때문이었다.

　사실 나의 메모 습관도 삼성 생활을 하면서 시작하였고, 내가 가장 아끼는 물건 중의 하나는 삼성 직원들에게 주어졌던 천연가죽으로 제작된 메모용 수첩이다. 내용물만 바꾸어 가며 반영구적으로 얼마든지 사용하게 되어 있다. 이 메모용 수첩은 내가 가장 아끼는 워터 맨 만년필과 함께 항시 휴대하면서 다닌다. 이 수첩은 길을 걷다가, 또는 잠을 자다가 어떤 생각이 스쳐 가면 우선 핵심 단어만이라도 적어 놓는다. 신문이나 잡지를 보다가 좋은 문구가 있으면 옮겨 적어 놓고 TV나 강연을 듣다가도 핵심 문구를 적어 놓는다. 이러한 메모는 직장 업무는 물론 본인이 한 편 한 편 쌓아 가고 있는 수필과 자서전을 써 가는 데 가장 중요한 자료가 된다.

　그런데 한 가지 나의 메모 습관으로 인해 곤혹을 치른 적도 있었다. 공기업에서 생활하던 중 메모 습관이 없는 일부 리더급 인사들이, 나의 메모 습관을 이상하게 여겨, 메모지에 무슨 내용이 쓰여 있는지 확인해야 한다는 괴소문이 나돌았다. 어쩔 수 없이 내 프라이버시도 담겨 있는 이 메모용 수첩을 자진해 감사실에 제출했다 찾아온, 가슴 아픈 에피소드도 있다. 본인도 잘해야겠지만 주변 사람을 잘 만나는 것이 얼마나 중요한지를 보여주는 대목이다.

*****

찾지 않았는데도 생각나는 것들은 대부분
매우 소중하기 때문에 조심스럽게 다루어야 한다.
왜냐하면 그런 것들은 좀처럼 되돌아오지 않기 때문이다.
– 프랜시스 베이컨

메모용 노트 속에는 요소요소에 많은 개념이 주둔하고 있다.
따라서 노트 임자는 군대를 불러내 적절히 점호시킬 수 있다.
– 토머스 풀러

잊을 수 있는 기쁨을 만끽하면서
항상 머리를 창의적으로 쓰는 사람이 성공한다.
그 비결은 메모 습관에 있다.
– 사카토 케지
/2007. 05. 06.

8 글씨
잘 쓰기

세상살이는 이래도 살아가고 저래도 살아가지만, 남들보다 잘하면 주변 사람까지 편리하고 보람되게 살아갈 수 있다. 그렇다면 잘하는 방법이 무엇일까? 공부, 체육, 예능 등 어느 분야든 공통점이 있다.

1. 기본과 원칙을 지켜야 한다.

2. 타고난 재능이 있으면 유리하다.

3. 피나는 노력과 반복되는 연습이 있어야 한다.

4. 독창성이 있으면 금상첨화이다.

천재도 1%의 영감과 99%의 노력으로 이루어진다고 한다. 왕도란 없다.

위의 1단계를 알고 익히면 적어도 지적받지 않게 된다.

2, 3단계를 어느 정도 잘하면 칭찬받고, 어떤 범위든 그 범위에서 최고로 잘하면 우승자가 된다. 국가에서 가장 잘하면 국가대표가 되고, 세계 최고라면 운동선수의 경우 올림픽에서 금메달감이다.

4단계가 추가되면 역사적 인물이 된다. 글씨의 경우 김정희의 추사체 같은 것이 이에 해당한다.

5단계로 겸손까지 갖추게 된다면…….

사람은 올림픽에서 금메달을 못 따고, 역사적 인물은 되지 못해도 일상생활을 하면서 지적당하는 수준은 벗어나야 한다.

듣기, 말하기, 쓰기는 살아가는데 누구에게나 적용되는 기본 중의 기본이기에 아무리 귀찮아도 1단계는 갖추고 있어야 한다. 그중에서 내가 가장 부족했던 쓰기에 대하여 정리해 보고자 한다.

글씨를 너무 못 쓰면 상대방이 읽지도 못할 뿐만 아니라, 시간이 지나면 자신도 못 읽는 경우가 있다. 나의 첫 직장은 70년대 중반 사무직에서부터 시작하였다. 그 시절 기안은 지금처럼 컴퓨터로 하지 않고 기안지에 펜이나 볼펜으로 직접 수기로 써서 올렸다.

내가 상사로부터 자주 야단맞은 것은 글씨를 너무 못 쓴다는 것이었다. 직속 상사한테 몇 번 지적받아도 개선되지 않자 상사도 포기했지만, 첫해 송년회를 마치고 회식 자리에서 CEO가 빙그레 웃으면서 한 말은,

"유중희는 일은 잘하는데 글씨는 너무 못써!"라고 지적했다.

그때 지적한 사람은 있어도, 어떻게 하면 벗어날 수 있는지 알려주는 사람은 없었다. 그때 내가 취한 방법은 글씨 연습 대신 개인 타자기를 이용해 직접 서류를 작성하는 것이었다. 나만의 독특한 방법이었지만 상사도 좋아했다. 몇 개월 후에는 10손가락으로 전문 타자수 못지않게 빠른 타자 실력을 발휘했다.

그 시절 사무실엔 여자상고 출신 전문 타자수가 외부로 나가는 문서만 타자기 1대로 작성하는 시기였다. 악필이었던 나는 그 덕분에 컴퓨터 시대가 열릴 때 남들보다 훨씬 빠르게 적응할 수 있었다.

직원 40명의 작은 직장에서 20년 정도 근무하고, 40대의 중년 나이에 우리나라 최고 엘리트 집단인, 삼성으로 옮겨 일하던 때는 한창 컴퓨터 시대가 열리던 초기 단계였다. 젊은 신입 사원을 제외

하고, 컴퓨터를 다루는 수준은, 고위 간부급 중에서는 단연 두각을 나타냈다. 삼성에서 직접 만든 제품을, 우리나라에선 최초로 전 직원에게 지급되었지만, 그것을 다루는 사람은 그리 많지 않았다. 그러한 나의 타자 실력과 컴퓨터 실력은 개인 블로그 관리와 최근 자서전 4권을 완성하는 데도 많은 도움이 되었다.

나는 이공계 출신으로 글씨도 못 썼지만, 작문에도 많이 부족했다. 부족한 작문 실력을 보완하기 위해 나의 삶에 대한 기억을 더듬어 수필 형태로 하나하나 쓰다 보니 자서전을 발간할 정도의 분량이 모였다. 작문과 글씨를 못 쓰는 사람이 1,000여 페이지 분량(상, 중, 하권)의 자서전을 준비했다는 것은 아이러니한 일이 아닐 수 없다.

최근엔 말만 하면 핸드폰이나 컴퓨터가 그대로 글로 전환되는 시대가 되었지만, 그래도 우리 세대 21세기까지는 글씨를 쓰는 일이 없어지지는 않을 것이다.

필체는 배움의 정도로 구분되는 것이 아니다. 많이 배웠다고 잘 쓰고, 못 배웠다고 못 쓰는 것이 아니다. 배울 만큼 배우고도 잘 쓰지 못하는 사람이 있고, 초등학교 졸업자도 예쁘게 잘 쓰는 사람들도 많다.

최근에 알게 된 글씨를 잘 쓰기 위한 기본 방법을 공유하고자 정리해 본다. 위에서 말한 초기 단계인 기본이라고 이해하면 된다.

글씨는 아라비아 숫자가 있고, 한글이 있다. (외국어는 제외)

우선 한글을 잘 쓰는 기본

한글은 가로(ㅡ)와 세로(ㅣ) 그리고 동그라미(ㅇ)로 구성되어 있다. 세로는 기둥이고, 가로는 멋이고, 동그라미는 얼굴과 같다. 가장 대표적 자음은 ㄴ과 ㅇ이다. 이 두 자음만 잘 쓰면 거의 다 해결된다.

ㄴ은 세로와 가로의 길이를 같게 하고 각에 약간 타원이 지도록 한다. ㄷ, ㄹ, ㅁ, ㅂ, ㅌ에 다 들어가는 자음이다. 너무 당연하지만 많은 사람이 잘못 쓰는 것이니 연습을 조금만 해도 효과가 바로 나타난다.

ㅇ은 글씨의 얼굴이다. 못 쓴 글씨를 살펴보면 예상외로 이 ㅇ이 잘못된 것을 발견하게 된다. 한글에서 얼굴에 해당하니 특히 관심을 두고 연습해 보자. 너무 작게 쓰지 않도록 유의해야 한다. 너무 작아 점처럼 보이게 쓰지 말고, 가운데 공간이 충분히 보이도록 한

다. ㅇ(정원)보다는 아라비아 0(타원)처럼 쓰되 약간 오른쪽으로 기울여 쓰면 좋다.

　ㄱ은 쓰기 쉽지만 아래로 꺾기는 부분이 45도와 90도 직각으로 구분하면 된다. ㅗ나 ㅡ 모음과 받침으로 쓸 때는 90도 각도로 내리고(고, 그, 곡) ㅏ, ㅣ 등과 같은 모음에서는 45도 각도로 내리면(가, 기) 된다. 누구나 쉽게 쓸 수 있는 자음이다.

　ㄷ은 ㅡ와 ㄴ의 조합이다. 상하 가로 부분이 평행하되 길이가 같아야 한다. 빨리 한 번에 쓸 때는 2자처럼 시작하지 말고 영어 Z처럼 시작하되 아랫부분은 곡선으로 처리한다. 이를 잘못하면 ㄹ과 헷갈린다.

　ㄹ은 ㄱ, ㅡ, ㄴ의 조합인데 위 공간과 아래 공간이 같고 좌·우에 튀어나오지 않도록 하고 ㄴ은 각을 유지한다. 어느 정도 숙달되면 한 번에 쓰기도 하는데 이때는 영어 Z처럼 쓰지 말고 아라비아 2자처럼 시작하여 아랫부분도 둥글게 유지한다. 이를 잘못 쓰면 ㄷ과 헷갈린다. 시작점과 아래 구부러지는 부분이 같은 수직 선상에 오도록 한다.

ㅁ은 ㅣ, ㄱ, ㅡ의 3단계 조합인데 ㄴ과 ㄱ의 2단계 조합으로 연습하면 좋다.

ㅂ은 ㅣ, ㅣ, ㅡ, ㅡ의 4단계 조합이나 ㄴ, ㅣ, ㅡ의 3단계 조합으로 연습하면 좋다.

공통사항으로 자음은 너무 크지 않게 쓰는 것도 중요하다. 조그맣게 쓰고 모음의 크기로 조절하면 된다. 자음 중 ㅇ은 예외적으로 크게 쓰는 것이 좋다.

다음은 아라비아 숫자 쓰기

1자를 제외하곤 가로와 세로 길이의 비율은 1:3을 유지하고, 수직보다는 약간 오른쪽으로 기울여 쓴다.

1 약간 위로 올렸다가 일직선은 수직으로 내리지 말고 약간 기울여 쓴다.

2 아래 수평 부분은 직선보다는 물결처럼 쓰면 보기에 좋다.

3 시작할 때 곡선으로 하는 사람도 있고, 영어 Z처럼 직선으로 써도 무방하나 아랫부분은 둥글게 하면서 끝나는 부분은 약간 올려준다.

4 두 개의 세로 부분은 평행을 유지하고 긴 세로 부분 좌, 우길이를 같게 한다.

5 아랫부분은 3자처럼 한다.

6 왼쪽으로 둥글게 내려가기도 하지만 직 사선으로 내려가 영어 소문자 b처럼 쓰기도 한다.

7 가장 기본인 가로세로 1:3 비율로 비스듬하게 쓴다.

8 한 번에 쓰는 것이 불편하면 O을 두 번 위아래에 붙이되 아래 동그라미를 약간 크게

9 O과 1의 조합

0 ○(정원)보다는 아라비아 O(타원)처럼 약간 기울이면 된다.

결론적으로 위 내용은 기본이다. 기본을 알고 연습을 하면 훨씬 효율적이고 연습을 어느 정도 하고 나면 졸필이란 평가는 듣지 않게 된다. 물론 명필이 되기 위해서는 재능과 피나는 연습이 필요하고, 여기에 독창성이 가미되면 추사체 같은 것이 나올 수도 있다.

이 글을 정리하여 공유하는 것은 내 주변에 명필가가 나오기를 기대하는 것이 아니고 나 같은 졸필 가는 없기를 바라는 의미가 담겨 있다.

얼마 전 독후감을 손 글씨로 써 내는 모임이 있었다. 선생님이 내 글씨를 수강생들에게 보여주며, 이렇게 잘 쓴 글씨를 오래간만에 본다며 공개해 주었다. 우선 손자 손녀에게 연습을 시켜야겠다.
/ 2020. 04.

9 독서

'All Leaders are Readers(성공한 사람들은 모두 독서가들)'란 서양 격언이 있다.

하루에 15분씩만 책을 읽어도 일 년에 스무 권이나 읽게 된다고 한다. 하루에 한 시간 책을 읽으면 한 주에 대략 1권을 읽게 되어, 1년이면 대략 50권을 읽게 된다. 3년이면 이 분야의 전문가가 될 수 있고 5년 안에 전국적 전문가가 될 수 있으며 7년 안에는 세계적 전문가가 될 수 있다. 한 사람이 하루에 15분씩 고전 작품을 읽는다면, 10년 후에는 하버드 대학을 졸업한 사람보다 더 많은 교육을 받은 것과 같다고 하버드대 총장 엘리엇 박사는 말했다.

시카고 대학은 노벨상 왕국이라고 한다. 동문 교수 중 노벨상 수상자가 70명이나 되기 때문이다. 로버트 허친스 총장은 교양 교육의 일환으로 고전 100권을 의무적으로 읽게 했다. 시간과 공간을 초월하여 영원불변하는 진리를 발견하고 그러한 진리 탐구에 필요한 역할 모델을 발견하도록 했다.

'Garbage in, garbage out'이라는 말은 글자 그대로 '우리의 마음(두뇌)에 쓰레기를 입력하면 쓰레기가 나온다.'라는 말이다. 따라서 우리가 성공적인 삶을 영위하기 위해서는 배움을 통해서 우리의 마음에 채워져 있는 부정적인 투입물들을 제거하고 우리의 마음의 양식을 긍정적으로 바꾸는 일에 전념해야 한다.

주요 국가별 월평균 독서량은 미국 6.6권, 일본 6.1권, 프랑스 5.9권, 중국 2.6권, 한국 1.3권이라고 한다.

매일 책을 읽는 습관을 간직하고, 좋은 책을 고르는 지혜를 소유한 사람은 잔잔하지만 전진하고, 보이지 않지만 진보하는 사람이다. 위인전기를 읽다 보면 그들의 공통점을 발견하게 된다. 그들은 모두 독서광이었다. 몇 해 전 방영됐던 '성공시대'란 TV 프로의 진행자도 '출연자들의 공통점은 모두 아침 일찍 일어나고 책을 읽는다는 점'이라고 말했다.

위대한 일을 한 사람 중에 독서가 취미였던 사람은 거의 없다.

독서를 그저 시간 날 때, 마음의 여유가 조금 날 때나 하는 사람은 찾아볼 수 없다. 독서는 그들의 삶의 일부였다. 독서는 취미가 아니다. 밥을 매일 먹는 것처럼 독서도 삶의 중요한 부분이다.

책과 전혀 상관없을 것 같은 거스 히딩크 감독도 독서광이었다. 대표 팀을 이끌고 유럽 전지훈련에 나섰을 당시 책만 잔뜩 들어 있는 가방을 보고 코치들과 선수들은 놀랐다고 한다.

평범한 사람이 독서를 통해 성공한 사례 두 가지를 들어보고자 한다. 한 사람은 마땅히 할 일이 없어 모든 것을 중단하고 도서관에 출근하여 3년 동안 책 천 권을 읽었다고 한다. 하루에 3권씩 3년을 읽었다는 셈이다. 어느 분은 국내 최고의 세계적인 기업 삼성전자에서 연구원으로 근무하다 사표 내고 나와, 역시 3년 동안 도서관에 들어가 1만 권을 읽었다고 한다. 하루에 평균 10권씩 읽었다고 한다. 그리고 5년 동안 80권의 책을 저술했다고 한다. 내 상식으로는 이해가 가지 않으나 그가 나와서 책과 관련 성공한 인생을 살아가는 것을 보면 거짓말은 아닌 것 같다. 3천 권, 1만 권이 중요한 것이 아니라, 책을 많이 읽으면 새로운 성공 길이 열린다.

군포에서 초등학교 출신이 시장을 4번이나 했다. 김윤주 시장의 이야기다. 그가 처음 취직한 곳은 조그만 문고였다고 한다. 우선 그 곳에 있는 책을 전부 다 읽었고 이후에도 주변의 책은 거의 다 읽었다고 한다. 그래서 그는 누구보다도 아는 것이 많아졌고, 시장을 연임하고 있으며 군포는 책의 도시라는 키워드로 상징되고 있다.

좋은 정보를 다양한 경로를 통해 받아들이고, 소화하고, 배설하는 것이 지혜로운 사람이 된다. 그 가운데 가장 쉽고 비용이 적게 드는 방법이 바로 독서다.

인생의 기간은 정해져 있다. 최고 100년을 넘기기가 어렵다. 유아기, 청소년기, 노년기를 제외하면 실제 가치 있는 삶을 살아가는 기간은 그리 길지 않다. 시간을 압축하는 가장 중요한 방법은 다른 사람의 경험을 이용하는 것이다. 다른 사람의 좋은 경험이 압축되어 책에 담겨 있다. 책을 읽는다는 것은 마음속에 지혜의 씨앗을 뿌리는 것과 같다. 우연히 읽은 격언 하나가 내 삶을 바꿀 수 있고, 책에서 읽은 사례를 보고 회사를 다시 일으켜 세울 수 있다.

책에서 배운 지식으로 자식도 올바로 이끌 수 있다. 그 방법 중에 대표적인 것이 독서다. 어린 시절 가난한 링컨이 책을 읽기 위해 수십 리 길을 걸어가서 책을 빌리러 다녔다고 하는데 나는 부끄럽게도 책을 거의 읽지 않고 지냈다. 굳이 핑계를 대자면 충청남도 칠갑산 기슭 오지의 초등학교 시절 주변에 읽을 만한 책을 접할 기회가 없었다. 그 시절 만화책이 주류를 이뤘지만, 선생님들이 만화책은 나쁜 것이라고 하여 만화책을 가까이하지 않았다. 중학교에 들어가니 도서관이 있어 책을 빌려주었다. 왕복 20km를 산속 오솔길을 따라 혼자서 도보로 통학했다. 상엿집이 있는 오솔길을 어둡기 전에 통과해야 했기 때문에 방과 후에 운영하는 도서관에는 들르지 못하였다. (사실은 토요일을 이용하면 됐기 때문에 이것도 핑계일 뿐이다.)

고등학교 시절부터 직업 전선에 뛰어들다 보니 독서는 사치처럼 느껴졌고, 학창 시절 독서 습관을 들이지 못했기에 사회생활 하면서는·더욱 그러한 기회를 접할 수가 없었다.

20여 년 이상 직장 생활을 하다 IMF에 이은 정부의 빅딜 정책의 희생양으로 잠시 집에서 실업자 생활을 하고 있을 때, 이를 가장 먼저 알고 찾아오는 사람은 주변의 네트워크 사업 관계자(일명 다단계 사업자)들이었다. 잠시 그곳에 들어가서 얻은 소득은, 우량도서를 선정하여 독서를 많이 권장하는 것이었다. 나는 그 기간 그들이 원하는 물건은 거의 팔지 못했지만, 우량도서를 많이 읽게 되었다. 몇 개월 동안 30~40권의 책을 읽었는데, 그것이 계기가 되어 책을 읽는 습관이 자리 잡게 되었다. 40대 후반에 다시 직장 생활이 시작되면서 직장에서도 틈틈이 책을 읽게 되었다. 직장에서 '독서 동우회'를 결성하여 회장을 맡아 본인은 물론 주변 사람들에게도 적극적으로 독서를 권장하고 있다. 회사의 지원을 받아 우량도서 200여 권 이상을 초 연도에 확보했고 계속 늘려가고 있다.

나는 어려서부터 책 읽는 것을 좋아했다. 적은 돈이라도 내 손에 들어오기만 하면 책을 샀다. 열두 살 어린 나이에 형의 인쇄소에 취업하게 되면서, 더 좋은 책들을 접할 수 있었다. 책방의 수습 직원들과 친해지면서 가끔 작은 책들을 빌려 볼 수 있게 되었다. 물론 깨끗이 읽고 빨리 돌려주어야 했다. 책을 잃어버리거나 낮에 손님이 찾을 때 없으면 안 되기 때문에 저녁에 빌려와서 아침 일찍 갖다주었다. 그러니 거의 밤을 새우다시피 하면서 읽을 수밖에 없었다.
- 플랭클린 자서전 中 /2010. 10.

10   일기 쓰기

사람은 남을 설득하면서 살아가야 한다. 이는 말과 글로 표현해야 하는데, 특히 글을 어떻게 잘 쓰느냐에 따라 많이 달라진다. 어려서부터 글쓰기 습관의 시작은 일기보다 더 좋은 것이 없다. 물론 어른이 되어서도 일기를 습관화하면 글을 잘 쓰는데 효과가 크다. 글은 소통의 중요한 수단이며, 모든 기록물은 글로서 보관된다.

글은 사실을 기록하는 것(신문 기사, 기록물 등)과 자신의 감정을 표현하는 것(소설, 수필, 시 등)이 있는데 일기는 기록과 표현 두 가지를 겸비한다. 감정 표현에는 의지와 각오도 포함된다.

따라서 일기는, 사실을 기록할 때는 사실대로(5W-1H가 기본), 감정을 표현할 때는 개성 있게 쓰면 된다. 사실을 기록할 때는 6가지 요소가 다 중요하지만, 어떻게(how)와 왜(why)에 심혈을 기울여 쓰면 한결 심층적으로 쓸 수가 있다.

11 눈이 내리면
눈사람을 만들자/글쓰기

눈이 오면 마음이 설렌다. 물론 설레지 않는 사람도 있다. 설레는 마음을 안고 나가서 뛰어놀다, 눈을 뭉쳐 눈사람을 만들어 본다. 눈사람 만드는 데 특별한 기술과 재주가 없어도 눈사람은 만들어진다. 눈이 눈사람이 된 것이다. 이처럼 글감이 있으면 글을 써보자. 글은 재주가 있어야 쓰는 것이 아니다. 우선 쓰고 보는 것이다. 그래서 글감이 글이 되고, 그 글을 다듬어 가면 좋은 글이 된다.

예쁜 모자가 씌워져 있는 눈사람이 눈에 띈다. 내가 만든 눈사람보다 더 예쁘다. 내가 눈사람을 만들어 놓지 않았다면 그 예쁜 모자가 내 눈에 띄지 않았을 것이다. 나도 재빨리 예쁜 모자를 씌워본다. 어떤 사람이 만든 눈사람은 양다리도 있다. 전혀 생각지 않은 새로운 발상이다. 나도 빨리 두 다리를 만들어 본다. 처음 만든 눈사람보다 훨씬 더 예뻐 보인다. 내 눈사람은 모자도 쓰고 양다리도 있어, 다른 눈사람보다 더 멋져 보인다. 유심히 보니 어색하다. 모자와 다리가 내가 만든 눈사람과 어울리지 않는다. 모자의 크기와 색깔을 바꾸어 본다. 다리도 눈사람과 어울리게 손질하며, 더 예쁘게 하는 방법이 없을까 궁리해 본다. 손 볼 곳이 계속 나온다.

내가 만들어 놓은 눈사람은 녹지 않는 눈사람이다. 다른 사람이 파손할 수도 없고 햇빛도 녹이지 못한다. 왜냐하면, 내가 만든 눈사람은 내가 쓴 글이기 때문이다.

눈이 내리면 눈사람을 만들어 보듯, 글감이 있으면 글을 써 보자. 그냥 내 멋대로 만들어 보자. 눈사람을 만들 때 설계도도 필요 없다. 눈사람을 만들어 보면, 다른 사람이 만들어 놓은 눈사람을 자세히 관찰하게 된다. 거기에서 아이디어를 얻어 내 눈사람을 조금씩 손질한다. 처음에는 남의 것을 그대로 따라 해 보다, 내 눈사람과 어울리게 계속 손질해 나간다.

내가 만든 눈사람은 컴퓨터 파일 또는 블로그에 저장되어 있기에 녹지 않는 눈사람이다. 프린트되어 외부에 공개되기 전까지는 미완성품이다.

글 쓰는 것은 눈사람을 만들 듯, 재주와 기술이 필요하지 않다.

누구나 눈사람을 만들 수 있다. 일단 만들어 놓고 나서 모방하고 다듬기를 반복하면 된다. 헤밍웨이도 '모든 초고는 걸레다.'라고 말했다. 걸레를 빨아서 비단을 만들 듯이 글은 다듬으면 된다. 일단 만들어 보는 시도가 중요하다. 글을 잘 쓰려면 많이 읽고 많이 써 봐야 한다. 체육이나 음악처럼 타고난 재능이 있어야 잘하는 것이 아니다. 인기 작가 강원국은 글은 엉덩이로 쓰는 것이라고 했다. 글을 쓰기 위해 의자에 누가 오래 앉아있느냐에 달려 있다고 했다.

예전에는 학력, 현직 또는 전직이 무엇이냐는 기준으로 사람을 평가했다. 이제는 그 사람의 글 수준으로 평가하는 시대가 되었다. 우리나라의 문맹률이 10% 수준이던 시절이 있었다. 이는 글로벌 수준에서 최상위다. 이제는 스마트폰을 다루지 못하는 비중이 그 정도일 것이다. SNS, 카톡, 페이스북, 카페, 블로그 등이 다 글로 표현되는 시대이다. 오자, 탈자, 띄어쓰기, 문장에서 그 사람의 수준이 그대로 나타난다. /2021. 03. 16.

12   수필 쓰기

인간은 글을 마음껏 써야 한다. 우리는 아무런 제약 없이, 마음 껏 글을 쓸 수 있는 여건에서 살고 있다. 공기의 고마움을 모르듯, 글 쓰는 데 아무런 제약이 없는 것에 대해, 고마움을 모르고 있다.

글은 만물의 영장인 인간만이 쓸 수 있다. 인간이 글을 쓰기 시 작한 것은 20만 년의 인류 역사로 볼 때, 문자가 등장한 것은 5천 년 정도밖에 되지 않았다. 문자는 동서를 막론하고 특권층만이 사 용하였는데, 우리나라는 세종대왕의 업적으로 고유 문자인 훈민 정음이 탄생하였다. 유신과 오공 시대에는 아무리 글을 쓰고 싶어 도 숨어서 몰래 써야만 했던 시절도 있었다. 지금은 특권층이 아니 라도 상관이 없고, 글 쓰는데 제약이 따르지 않는다. 20세기 막바 지엔 컴퓨터와 인터넷에 의해 종이 없이 글을 쓰는 시대가 열렸고, SNS의 발달로 돈 한 푼 들이지 않고도 지구촌 방방곡곡에 글을 내보내는 시대에 살고 있다.

1) 글쓰기를 해야 하는 이유

의식주가 삶의 3요소이듯, 글쓰기는 말하기와 함께 의사소통의 필수 요소이다. 따라서 글은 작가만이 쓰는 것이 아니고 사람이면 누구나 써야 하는 생존의 도구이며 성공의 필수 사항이다. 책을 많이 읽었는데 남는 게 없다는 사람이 많다. 그 이유는 글을 쓰지 않았기 때문이다. 입력(input)은 출력(output)이 있어야 지식화된다. 미국 대학의 목표는 설득력 있는 사람을 만드는 것이며, 이 과정에서 가장 중요한 과목은 글쓰기다. 하버드를 졸업한 사람을 대상으로 조사해보니 가장 도움이 된 수업은 글쓰기였다고 한다.

2) 글쓰기의 장점

모른다는 것에는 3종류가 있다. 원래 모르는 것, 어느 정도 아는 것 같은데 이해가 안 되는 것, 무엇을 알고 무엇을 모르는지 판단이 안 되는 것이다. 글을 쓰게 되면 이러한 부분이 명확해진다. 특히 무엇을 알고 무엇을 모르는지 확실하게 되어 모르는 부분을 탐구하여 보충하게 된다. '글을 쓰면 머릿속에만 맴돌던 모호한 생각을 구조적으로 정교하고 치밀하게 만들 수 있다'라고 노벨상 수상 경제학자인 폴 로머는 말했다.

앞으로 5년마다 직업을 바꿔야 하는 시대가 열린다고 한다. 그러나 작가는 정년이 없어, 글쓰기는 예외일 수밖에 없다. 말은 휘발되지만, 글은 수명이 길다. 글을 쓰게 되면 모든 사물을 무심히 지나치지 않게 되고, 어떠한 일이든 글로 남아 지나간 장면이나 대화가 잘 기억된다. 글을 쓰면 주체가 타자로 바뀌면서 타인을 더 이해하게 되고, 심지어 동물과 식물도 주체를 바꾸어 보면, 자연을 바라보는 시각이 달라진다. 또한, 글쓰기는 사람을 부지런하게 만들고, 인생을 되짚어보는 계기가 되어, 두 번 사는 것과 같은 긍정적인 효과가 나타난다.

한 편의 글을 쓰기 시작하게 되면 그 분야에 대해서 모든 것이 새롭게 보이고 또 다른 관심을 두게 된다. 독서를 하면서, 드라마나 영화를 보면서, 아이들이 노는 모습이나, 바위틈에 피어난 꽃을 보면서, 내 글과 관련된 문구나 장면들이 새롭게 들어온다. 내 글이 30~40편이 된다면 그만큼 지식의 폭이 넓어지고, 새롭게 들어온 지식이나 아이디어를 내 글에 접목하면, 글쓰기 전과 다른, 또 다른 관점에서 인생을 바라보게 된다.

글을 쓰면 모든 것을 입체적으로 바라보게 된다. 9살 난 어린아이에게 좋은 놈, 나쁜 놈, 이상한 놈에 대해 글을 써 보라고 했다.

자신의 아빠가 잘해 줄 때는 좋은 사람이고, 잘 못 해 주면 나쁜 사람이고, 이상한 행동을 할 때면 이상한 사람이라는 글을 썼다. 아빠는 좋은 사람 혹은 나쁜 사람이란 고정된 사고가 아닌 것처럼, 한 사람, 한 사물도 여러 가지 면이 동시에 있어, 입체적으로 볼 수 있다는 것은 글쓰기에서나 배울 수 있는 것이다.

사람은 경쟁하면서 살아간다. 타인과의 경쟁은 무의미하다. 자신과의 경쟁에서 이기는 것이야말로 가장 값지다. 어제의 나보다 오늘의 내가 더 성장하면 된다. 책을 많이 읽으면 읽기 전의 나보다 훨씬 더 우위에 있고, 여행하며 견문을 넓히면 그만큼 삶이 더 풍성해진다. 그러나 이런 것이 쉽게 증명되지 않는다. 확연히 증명될 수 있는 방법으로는 글을 써보면 확실히 알 수 있다. 전에 쓴 글이 맘에 들지 않아 하나하나 정리해 가면, 그만큼 자신과의 경쟁에서 이긴 것이고, 한 편의 글이 추가되면 또 이긴 것이다.

특히 은퇴자들에겐 글쓰기처럼 좋은 것이 없다. 은퇴자들은 혼자 보내는 길을 찾아야 한다. 배우자나 친구도 때론 부담될 때가 있다. 글쓰기는 무료한 시간을 없앨 수 있고, 의미 있는 삶을 시작할 수 있다. 쓴 글을 모아 책이라도 발간하게 된다면 박사 학위 못지않은 자신의 업적을 남기게 된다. 책을 발간한 강사와 그렇지 않은 강사의 차이는 강사료에서도 크게 차이가 난다.

10세에 초등학교를 중퇴한 시바타 도요라는 할머니는 92세에 시를 짓기 시작하여 99세에 시집을 발간하여 100만 부 이상 팔리는 베스트셀러 작가가 있었다. 루도비코는 115세에 그의 자서전을 썼다. 은퇴 시기인 60대 전후라면 이보다 빠르고 좋은 시기가 없다.

나는 은퇴자로서 많은 시간을 노인 복지관에 나가 배우기도 하고, 취미 생활도 하고, 봉사 활동을 하면서 바쁘게 지냈으나 코로나로 인해 집에 갇히게 되었다. 이때 나를 무료함에서 꺼내 준 것이 글쓰기다. 글을 쓰지 않을 때는 이미 써 놓은 글을 펼쳐 놓고 다듬다 보면, 시간 가는 줄 모르고 하루가 지나간다. 욕심을 내서 책 발간도 준비하고 있으니 더욱더 보람 있고, 해야 할 일이 많아졌다.

3) 일기와 수필의 차이

여러 가지 문학 장르 중 일기와 수필은 공통점도 많지만, 확연히 다르다. 일기는 자기의 그 날 있었던 이야기를 그냥 쓰면 된다. 독자는 자기 자신일 뿐이다. 자료 준비나 메모나 연습도 필요 없고, 분량도 무관하며, 굳이 퇴고를 위한 다듬기를 하지 않아도 된다. 대신 수필은 독자가 있어 독자에 맞추는 글이어야 하므로, 자료조사, 메모, 문법과 문맥이 맞아야 하고 모호한 표현이 있으면 안 되고, 철저한 다듬기를 거쳐야 한다.

일기는 혼자 가도 되는 글이지만 수필은 2인 삼각 경기처럼 독자와 같이 가는 글이다. 독자가 원하는 글을 써야 한다. 이해하기 쉽게, 재미있게, 유익하게 쓰면 된다. 뻔한 글, 어려운 글, 재미없는 글, 유익하지 못한 글은 독자를 위한 글이 아니다. 자신의 글을 읽는 독자가 자기도 이런 글을 써 보고 싶고 책을 발간하고 싶은 충동을 느끼는 글이라면 더할 나위 없이 좋다.

사람은 사유(생각과 궁리)하면서 살아간다. 이를 글로 표현하는 것이 글쓰기이다. 메모나 일기가 아니고 남에게 보여주기 위한 글이 되려면 사건의 필요한 요소를 연계로 이루어(계열화) 의미를 부여하는 것이다. 사람은 의미를 추구하면서 살아가는 존재이기 때문이다.

4) 어떻게 시작할 것인가?

빈 문서를 채우려면 막막하다. 우선 무조건 써 보라고 권하고 싶다. 시작이 어려우면 후회와 아쉬움과 반성이 담긴 일기를 쓰는 것으로 출발해도 좋다. 국문학과를 나와 체계적이고 전문적인 지식을 기반으로 쓰면 좋겠으나, 글은 누구라도 쓸 수 있다. 글쓰기는 재능이 있어야 쓰는 것이 아니다. 그냥 써 보면 된다. 두려워하지 않아도 된다. 재능 없음을, 맞춤법에, 수준 낮은 글에 두려워하지 말자. 두려움의 친구는 회피다. 잘난 글은 못난 글에서 탄생한다. 그냥 우선 써 보는 것이다. 글은 배우는 것이 아니라 쓰는 것이다. 에베레스트산을 처음 등정한 힐러리경에게 어떻게 올라갔느냐고 묻자 한 발짝 한 발짝 걷다 보니 정상이더라고 답했다. 글은 쓰면 쓸수록 는다. 처음 글은 발로 쓰라고 한다. 손과 머리로 좋은 글을 쓰지 말고 발로 쓴 것처럼 우선 엉터리 글이라도 써 보는 것이다. 일단 쉽게 쓴다. 첫 글은 원석이다. 다듬어서 보석을 만들면 된다. 계속 읽어보면서 다듬는다. 많이 다듬을수록 보석은 빛이 난다. 전에 쓴 글에 대해 창피하게 생각된다면 그만큼 성장한 것이다. 퇴고는 자신에 대한 애정이고 독자에 대한 예의이다.

무엇을 쓸까 망설여진다면 사람의 감정에 관한 글을 나열해 보고 자신에게 해당하는 이야깃거리를 떠 올려본다. 반전을 기하기 위해서는 부정적인 감정에서, 긍정적으로 마무리하면 효과적이다. 슬픔과 아픔을 즐거움으로, 걱정과 괴로움을 행복으로 맺는 소재 거리가 좋다. 은퇴자들에게 가장 좋은 소재는 자서전이다.

아래 감정에 관련된 단어를 보면서 자신의 특이하거나 독특한 경험을 살려 보면 분명히 글의 소재가 떠오를 것이다.

긍정적인 단어

가치, 감사, 격려, 겸손, 관심, 고객, 기쁨, 낙천, 다양성, 도덕성이나 윤리, 만족, 명랑, 사랑, 시너지, 신뢰, 열정, 용서, 인간미, 일류, 자비, 자신감, 존경, 최고, 친절, 칭찬, 쾌활, 포용, 화합, 환영, 활기, 희망, 현재 또는 미래, 꿈, 비전

부정적인 단어

부정, 비리, 투서, 음해, 패배, 불만, 불신, 불안, 오해, 과거, 억압, 복수, 불합리, 불공정, 불평등, 모욕, 모멸, 반목, 반발, 변명, 분노, 비참, 거짓말, 군림, 짜증, 질투, 통탄, 허탈, 인권유린

살면서 괴로울 때 인상을 쓰지 말고 글을 쓰자. 괴로움은 글쓰기에서 접하기 쉬운 소재다. '눈물 젖은 빵을 먹어보지 못한 자와는 인생을 논하지 말라'고 괴테는 말했다. 글을 쓰면서 스스로 치유가 되기도 한다. 다음은 그 괴로움을 준 당사자에게 보복하는 방법을 생각해 본다. 가장 좋은 방법으로는, 자기 자신이 상대방이 부러울 정도로 성장하는 것이다. 그러기 위해서는 자신에게 전할 충고 거리를 찾아보자. 남에게 받는 충고는 상처를 받을 수 있지만, 자신에게 하는 충고는 상처를 받지 않는다. 자신이 성장할 수 있는

충고 거리를 찾아서 기록한다. 이것이 바로 글이 된다.

　글쓰기가 시작되면 자료가 축적되고, 궁금한 것을 생각하게 되면서 글의 양이 불어난다. 이것이 지나면 자신이 성장했다는 것을 스스로 느끼게 된다. 나보다 더 잘하는 사람과는 경쟁하지 말자. 그에게는 배우고 어제의 나를 이기면 된다. '다른 사람들의 영혼 속에서 어떤 일이 일어나고 있는지 알지 못하기 때문에 불행해지는 일은 거의 없다. 그러나 자기 자신의 영혼의 움직임을 조심스럽게 지켜보지 않는 사람은 반드시 불행에 빠지고 만다.'라고 라르쿠스 아우렐리우스 로마 황제는 말했다.

4) 좋은 수필을 쓰려면

　글에는 일기, 보고서, 수필, 소설, 시나리오, 시 등이 있다. 이 글에서는 수필 쓰기에 대해서 정리해 보고자 한다. 수필은 12세기 송나라에서 시작되었고, 우리나라에선 17세기 박지원이 수필이란 단어를 사용하였으며, 1932년 문학 장르로 정착되었다고 한다. 수필은 자기 고백의 문학으로 가치 있는 체험에 의미를 담아 절제된 언어로 표현한 것이다.

글쓰기에는 왕도가 없다. 많이 읽고 많이 써보면 된다. 골프의 달인 게이는 '내가 연습을 많이 하면 할수록 나는 더욱더 운이 좋아져.'라고 했다. 글쓰기도 마찬가지다.

자칭 글쟁이라고 말하는 작가 유시민은 이러한 말을 했다. '노력한다고 해서 누구나 안도현처럼 시를 쓸 수 있는 것은 아니다. 하지만 누구든 노력하면 유시민처럼 에세이를 쓸 수는 있다.'

글을 잘 쓰는 데는 왕도가 없다. 모든 것은 입력(input)이 있어 출력(output)이 있다. 독서는 입력이고 글쓰기는 출력이다. 많이 읽고 많이 써 봐야 한다. 순서는 바뀌어도 된다. 글을 쓰기 시작하면 읽을거리가 생기고 읽다 보면 글 쓸 거리가 생긴다.

글을 잘 쓰기 위해서는 초보자들은 문법, 구조, 좋은 문장이라는 것을 의식하지 말고 무조건 써보면 된다고 생각한다. 일단 저지르는 것이다. 좋은 문장은 안 좋은 문장에서 나오기 때문이다. 글 중에서 가장 어렵다는 시를 잘 쓰는 김수용 시인의 어린 시절 에피소드가 있다. 형이 군대에 갔는데 글을 모르는 어머니가 형한테 편지를 보내고 싶어 했다. 그때 김수용은 막 한글을 깨우친 상황이었다. 어머니는 불러주고 김수용은 삐뚤삐뚤한 글씨로 간신히 써서 편지를 보냈는데 얼마 후에 형이 휴가를 얻어 집에 왔다. 군대 상관이 어머니의 진술한 내용이 담긴 편지를 읽어 보고(그 당시 군대는 상사가 먼저 편지를 뜯어보던 시절이었다) 마음이 전해져 휴가를 보냈다. 글의 일차적인 목적은 의사전달이다. 그 엉터리 글이 소기의 목적을 달성한 것이었다. 그리고 김수용은 어렸을 때 말을 더듬어, 가능하면 글로 소통을 시도하였다고 한다. 이래저래 글을 많이 쓰게 된 김수용은 훌륭한 시인으로 성장했다.

나는 지금도 글을 못 쓰지만 20여 년 전에는 더욱 더 형편없었다. 그런데 내가 쓴 한 편의 글이, 정치인 노무현의 홈페이지 게시판에 올라온, 수백 건의 글 중에서 대표 글로 선정된 2개의 글에 포함되어 홈페이지 '대표 글'란에 올려졌다. 나머지 한 개의 글은 논객 유시민이 올린 글이었다. 유시민의 글은 내용과 문장이 좋아서 올려진 글이었고, 내 글은 독특한 내용이 담겨 있었기 때문이었다. 내가 쓴 글의 제목은 '바보 노무현'이었는데 당신은 '바보'이고, 바보이기에 우리나라에 당신 같은 바보가 대통령이 되었으면 좋겠다는 내용이 담겨 있었다. 즉 문장이 잘 다듬어지지 않았어도 주제가 진술하면 좋은 글에 분류될 수 있는 사례다.

작가 유시민이 글쟁이임에는 틀림이 없다. 어느 대담에서 보니 그가 노무현보다 더 잘하는 것이 하나 있는데 그것은 글솜씨라고 했다. 주변 사람들이 그에게 '너는 글재주가 있어서 좋겠다'라고 하면 화가 치민다고 했다. 그때 속으로 이렇게 반항한다고 한다. '내가 뭐 나이롱뽕으로 글쟁이가 된 것 아니거든.' 나름 글쓰기 근육을 올리기 위해 남모르는 피눈물 나는 과정을 겪었다는 의미가 담겨 있다. 노무현도 글을 대단히 잘 쓰는 사람이었다. 다른 글쟁이 강원국도 노무현에게 혼나면서 글쓰기를 배웠다고 밝힌 바 있다.

최고의 글은 내용에 의미가 담겨야 하고 문장이 좋아야 한다. 문장만 좋다고 좋은 글이 아니다. 국무총리 지명을 받은 모 언론인 출신이 자신이 쓴 칼럼 때문에 하차한 사건이 있었다. 언론인이기에 문장은 더할 나위 없었겠지만, 진실과 진의가 허구라면 좋은 글이 될 수 없다. 글은 잘 살아야 좋은 글이 나온다. 아무리 문장력이 좋아도 깡패나 사기꾼 출신은 좋은 글을 쓸 수가 없다.

글을 쓸 때는 포털사이트에서 제공하는 블로그를 개설해 놓고 그곳에 차곡차곡 쌓아 놓으면 된다. 블로그 개설을 할 줄 모르면 손·자녀에게 맡기면 바로 만들어 준다. 종이에 글을 쓰던 시절에는 글쓰기가 불편해 수정하기도 힘들었다. 이젠 어느 정도는 컴퓨터의 교정 기능에서 걸러지고, 수시로 꺼내 다듬으면 된다. 이를 퇴고라고 한다. 좋은 글은 나쁜 글에서 출발한다. 모든 초고는 걸레다.'라고 헤밍웨이는 말했다. 걸레를 빨아서 비단을 만드는 작업이 다듬기다.

나는 제주도에서 10여 년간 살았었다. 봄에는 고사리를 꺾어 오는 재미가 쏠쏠했다. 육지 분들에게 선물도 많이 했다. 어떤 때는 아내하고, 어떤 때는 지인들과 같이 갔다. 대부분 앞서서 먼저 가려고 한다. 그래야만 싱싱하고 좋은 고사리를 꺾을 수 있기 때문이다. 그런데, 뒤에 가는 사람이라도 그곳에 다시 가보면 싱싱하고 좋은 고사리는 얼마든지 있었다. 글다듬기하면서 고사리 꺾어 오던 것이 생각난다. 잘 다듬고 나서 다시 보면 다듬을 곳이 또 나온다. 아무리 다듬어도 다듬을 거리는 계속 나온다. 그러면서 글쓰기가 성장한다.

블로그에 올리면 없어지지 않고 언제든지 꺼내서 고치면 된다. 미완성 분이나 공개해서는 안 되는 글은 비공개로 하면 된다. 이런 문화 혜택을 활용하면 글쓰기도 이젠 제법 쉬워졌다. 글은 어느 정도 다듬어지면 공개한다. 자신이 완전하다고 느낄 때 공개하는 것보다 미완성 단계에서 공개하는 것이 좋다. 공개 전보다 공개 후의 수정 작업은 더 긴장하여 보게 된다.

어차피 최상의 글은 존재하지 않는다. 국무총리의 담화문이나. 헌법 재판소의 판결문에서도 많은 오류가 발견된다고 한다. 하물며 글을 많이 써보지 않은 사람이, 완벽하고 좋은 문장에 포커스를 맞출 필요가 없다. 우선 써 보는 것이다.

수필을 다듬지 않고 성급하게 마무리하면 글이 뾰족해져서 마음을 찌른다. 뾰족한 글로 독자에게 상처 주지 않아야 하고, 뾰족한 마음을 가진 독자의 마음을 어루만지는 수필이어야 한다. 고운 마음이 그대로 드러난 수필을 접하면 독자는 위로를 받는다. 그렇게 글을 하나하나 다듬으면 된다.

누구나가 가끔은 따분할 때가 있다. 글 쓰는 사람은 따분할 여지가 없다. 따분하다고 생각될 때 글을 쓰면 되고, 소재가 떠오르지 않으면 써 놓은 글을 다듬으면 된다.

'글쓰기가 어려운 이유는 그저 글을 쓰는 것이 아니라, 자신이 의도하는 글을 써야 하기 때문이며 독자에게 그저 영향을 주는 정도가 아니라 엄밀하게 자신이 원하는 쪽으로 영향을 미쳐야 하기 때문이다.'라고 로버트 루이스 스티븐슨은 말했다.

'사람은 생각하는 갈대'라는 파스칼의 말이 있지만, '생각하는 것은 정말 괴로운 일이다, 따라서 거의 모든 사람이 생각하지 않는다.'라는 헨리 포드의 말도 있다. '사유(생각과 궁리) 없는 수필은 한마디로 수필이 아니라고 단언할 수 있다.'라고 수필가 곽흥렬은 지적했다.

사랑은 아무나 할 수 있지만, 진정한 사랑은 아무나 할 수 있는 것이 아니다. 수필도 마찬가지다. 수필은 아무나 쓸 수 있으나, 진정한 수필은 아무나 쓸 수 있는 것이 아니다.

살아가면서 의도가 있다는 것은 쓸 거리가 있다는 것이고, 이 쓸 거리가 상대방(독자)에게 유익이 있어야 한다. 그래서 공부가 필요하고 내가 그것을 분명히 갖고 있어야 하며, 메시지가 분명하지 않으면 좋은 글쓰기가 되지 못한다. 이야기 형식으로 재미있게 쓰면 잘 읽히는 좋은 수필이 된다.

글은 떠오르는 주제의, 준비한 소재를 가지고 의미를 담아 참신하게 써 가면 된다. 주제는 하나의 접시에 한 가지 음식만 담아야 하듯 하나만 있어야 한다. 소재는 대표 소재와 부 소재가 있다. 소재는 생생한 것, 구체적이고 신빙성 있는 것이어야 한다. 주제와 관계없는 소재는 과감히 제외한다. 부정적인 소재보다는 긍정적인 소재를 많이 추가하고 긍정적인 소재를 뒷부분에 배치한다. '대통령이 글쓰기' 저자 강원국은 소재 발굴의 중요성을 이렇게 강조했다. 글은 자신이 제기하고자 하는 주제의 근거를 제시하고 그 타당성을 입증해 보이는 싸움이다. 이 싸움은 좋은 자료를 얼마나 많이 모으느냐에 따라서 성패가 좌우된다. 자료가 충분하면 그 안에 반드시 길이 있다. 자료를 찾다 보면 새로운 생각이 떠오른다. 때로는 애초에 의도했던 방향과 전혀 다른 쪽으로 글이 써지기도 한다. 글은 자료와 생각의 상호작용이 낳은 결과이다.

내가 글을 써 보고 나서 보면 고칠 곳이 너무나 많다. 너무 좋은 글, 완전한 글을 쓰려고 하면 펜이 굴러가지 않는다. 첫 글은 문법, 문장 등에 신경 쓰지 말고 그냥 써 내려가는 것이 좋다. 처음 쓴 글은 원석에 불과하다. 보석도 원석을 다듬어야 가치가 있다. 나름 원고를 고쳐서 다른 사람에게 보여주니 수정 부분이 많이 나왔다. 유튜브에 올라온 강의 자료로 국문법을 다시 배우고 문장 다듬기 기법을 다시 공부해 보면서 문법과 문장에 대한 지식을 하루하루 늘려가고 있다. 그리고 써 놓은 글은 열심히 다듬어 본다.

글쓰기 전문가들이 가장 많이 주장하는 것은 2종류의 3S로 쓰라고 한다. 하나는 short, simple, sharf로 짧고 간단하고, 정밀하게 쓰라는 것이고, 다른 종류는 short, story, seat로 짧고 스토리로 역 되 끊기 있게 의자에 앉아 작업해야 한다는 것이다. 2종류 모두 항 시 염두 하면서 글쓰기를 하면 좋겠다.

명료하게 써라. 그러면 이해될 것이다.
그림같이 써라. 그러면 기억 속에 머물 것이다.
— 미국인 언론인 조지프 플리처

글을 잘 쓰는 3가지 방법 :
주제를 잊지 말고, 중요한 정보를 중심으로, 단문으로 써라.
— 유시민

글은 '말하면서 써라'라는 말도 있고, 글을 '말로 쓰지 말라'는 지침도 있다. 말하면서 쓰라는 의미는 일단 쓰고 싶은 글이 있으면 그 내용을 말해보라는 것이다. 상대방에게 해도 좋고, 산책하면서 혼자서 중얼거려 보아도 좋다. 그러면 자신이 글을 어떻게 쓸 것인 지 실타래 풀리듯 쉽게 써진다고 한다. '말로 쓰지 말라'는 의미는 예를 들어 '나는 착하게 산다'고 표현하면 상대방의 머릿속에 장면 이 흘러가지 않는 말로 쓰는 글이다. 대신 '나는 불쌍한 사람을 보면 수중에 용돈을 꺼내 나눠주고, 등산 중 발견되는 쓰레기는 한 봉지라도 주워오고, 1년에 100시간 이상 봉사 활동에 참여한다.'라고 쓰면 착하다는 단어가 사용되지 않아도 착한 것을 보여주는 글이 된다.

글쓰기가 어느 정도 수준에 올라가면 자기주장에는 반드시 논리적으로 증명해 주어야 한다. 자신의 취향이나 공리('지구는 둥글다'와 같이 증명하지 않고도 이미 참이라고 인정된 명제)가 아닌 주장이라면 논리적 증명이 필요하다. 글을 쓰다 보면 단문이 좋다는 것도 알게 되고, 욕심이 생겨 서툴렀던 문법도 보강하면서 글은 다듬어진다. 글쟁이 유시민도 책을 발간할 때 2판시에는 초판 글을 다시 다듬게 되고 그 이후에도 계속 다듬는다고 한다. 20대 중반에 구치소에서 쓴 그 유명한 '항소 이유서'도 지금 다시 살펴보니 수정할 곳이 너무 많다고 한다.

글은 단어와 문장과 문단으로 이루어진다. 애매한 단어는 지양하고 구체적인 단어를 사용하며, 수식어는 가능하면 생략한다. 문장은 단어를 문법에 맞게 나열하는 것이다. 짧은 문장이 좋고, 단어가 중복되는 대명사는 다른 단어로 교체하고 주어와 술어가 일치되어야 한다. 아름다운 문장보다는 말하듯이 자연스럽게 읽히는 문장이 좋다. 문단은 생각의 덩어리로 소주제와 뒷받침 문장으로 구성되는데, 첫 문장은 짧게 시작한다.

수필에도 구조가 있어야 한다. 구조는 설계도이다. 수필에는 논문에서 선호되는 기-승-전-결의 4단계보다는 도입-전개-마무리의 3단계가 더 많이 적용된다. 분량은 1:8:1 또는 1:7:2가 무난하다고 한다. 이를 하버드대의 글쓰기 기법에서는 O.R.E.O 기법(의견, 이유, 사례, 의견 재정리와 제안)으로 가르친다. Opinion은 핵심 의견의 주장이다. Reason은 이유와 근거를 주장하여 증명하는 것이고 Example은 사례와 예시를 거듭 주장하는 부분이다. 속담, 명언이나 본인 경험, 인용 등을 활용하면 된다. 마지막으로 Opinion & Offer는 의견 재정리 및 제안이다. R은 도입부가 될 수도 있고 전개로 포함될 수도 있다. 글을 쓸 때 이러한 구조를 미리 정해 놓고 써도 좋고 일단 펜 가는 대로 글을 적어 놓고 이 구조의 틀에 맞춰 다시 정리해도 상관이 없다.

나의 글쓰기 습관은 구도를 먼저 잡아 놓고 쓰지 않고, 일단 무조건 써 내려간다. 그리고 O-R-E-O 기법에 따라 기호를 적어 놓고, 내가 써 내려간 문단 앞에 그 기호를 붙여 본다. 특히 본문의 사례가 뒤죽박죽인데 이 기호에 따라 같은 기호끼리 모아 놓는다.

예를 들어 아래 〈글쓰기 구성 기호〉 표를 참조해 보면, '나의 직접 경험'은 문단 앞에 기호 7번이라고 적어 놓고 흩어져 있는 7번은 같이 모은다. 이렇게 하면 2번 군락이 5번에 가 있고, 6번 군락이 3번에 가 있는 것이 산만하지 않게 정리된다. 혹시 누락된 부분이 있으면 찾아서 보완한다. 그렇게 하면 발로 쓴 엉터리 글도 구조에 맞는 글로 바뀌게 된다. 4~7번의 본문 과정은 일부 없어도 된다. 어떤 경우에는 글은 써 놓고 기호를 적어보니 가장 중요한 1/1-1번이나 2~3번이 없는 경우가 있다. 이때는 당연히 그 부분을 보완해 넣어야 한다.

〈글쓰기 구성 기호〉

구 분		기호
도입부/Opinion		1
이유/Reason	연구 보고서 인용	2
	속담/명언 인용	3
본문/전개(body) 사례/Example	정보/뉴스	4
	타인 사례	5
	다른 책 내용 인용	6
	자신의 직접경험	7
마무리/Re-Opinion	Re-Opinion	1-1
	Offer(제안)	8

좋은 수필은 참신한 발상, 철학적 사유, 탁월한 상상력, 탄탄한 연결 고리가 갖추어져야 한다. 좋은 수필이 되기 위해서는 자신의 체험을 어떻게 의미화하여 완성도 높은 문학 작품으로 형상화하느냐에 달려 있다.

수필은 자기 고백의 문학으로 가치 있는 체험에 의미를 담아 절제된 언어로 표현한 것이다. 가치 있는 삶을 살아가는 것으로 글을 써 보는 것, 그중에서 누구라도 쉽게 접근할 수 있는 수필을 써보자. 한글이란 고유한 글이 있고, 글을 못 쓰게 방해하는 사람도 없는 이 최상의 여건을 살려 무조건 시작하자. 우리에겐 글을 쓸 수 있는 특권이 주어졌다. 이는 축복이다. 이 특권과 축복을 마음껏 누리자. 오늘 당장 써 보자. 무조건 써 보는 것이다. 자신의 경험 이야기를 쓰면 된다. 그리고 다듬어 가면 된다. 특히 은퇴자들이여! 삶이 무료하다고 여기지 말고 글을 써보자. /2021. 02. 23.

13 시를
써 본다

창조는 신의 영역이다. 인간의 영역은 창작이다. 창작에는 여러 종류가 있는데 그중의 하나가 문학이다. 문학은 글로 집을 짓는 것과 같아, 진리와 진실 사이를 잘 엮는 것이다. 모두가 진정성과 참신성이 요구된다.

글에는 기사, 수필, 소설, 시 등이 있다. 기사를 쓰는 사람을 기자라 한다. 기자는 기사를 쓸 때 있는 그대로 쓴다. 창작의 개념은 없다. 기자는 글을 쓰는 자(者)다. 수필을 쓰면 수필가이고, 소설을 쓰면 소설가이다. 연극의 극본을 쓰는 극작가도 있다. '가'는 집 가(家) 자를 쓴다. 집은 목수가 짓는데 전문가를 의미한다. 그런데 시를 쓰는 사람에게는 시가라고 하지 않고 시인이라 한다. 인(人)은 단순히 사람이란 의미기도 하지만 시인에 쓰는 '인'의 의미는 성인(聖人)의 '인'에 비견되는 다소 품격이 높은 의미이다. 글 쓰는 사람 중 가장 상위 개념이다.

사람이란 의미이기도 하지만 시인에 쓰는 인자의 의미는 성인의 의미가 담겨 있다.

나는 수학과 물리는 좋아하는 대신 어학은 별로였고, 특히 글쓰기는 글씨도 볼품이 없었지만 글 쓰는 재주도 엉망이었다. 직장 생활 초기 잉크와 펜으로 기안문을 작성하면서 글씨를 못 쓴다고 야단도 많이 맞았다. 컴퓨터가 나오면서 이 문제는 해결되었다. 기안을 많이 해 보았지만, 수필과 시를 써 보지는 않았다. 그러다가 나의 지나온 삶을 기억하며 수필 형식으로 한 편 한 편 써보기 시작했다. 약 100여 편 이상 쌓이다 보니 이젠 묶어서 자서전을 낼 정도가 되었다. 일반 소설은 허구(픽션)를 다루지만 자서전은 사실(논픽션)을 다룬 소설로 분류된다.

시(詩)는 자신이 없었다. 교과서에 나오는 김소월 등의 시를 접한 것이 거의 전부이다. 실제 시를 좋아하지 않아 내 평생 시집을 끝까지 읽어본 적도 없지만, 시집을 사본 적은 유일하게 한 번 있다. 중학교 시절 국어 선생님이 시인이라서 그분이 발간한 시집을 누구나 한 권씩 사야 한다고 해서 사 놓고선 읽어보지 않았다. 직장 생활을 같이했던 동료가 시인으로 등단하여 자신의 시를 읽어 보라고 카톡으로 보내왔지만 별로 관심이 없었다. 내 일생에 시를 써 볼 일은 없으리라 생각했다.

문득 나도 시를 써 봤다는 기억이 떠올랐다. 서울에서 직장 생활을 하다가 고향 집에 내려가 뒷간(화장실)에 가보니 사용된 노트를 반으로 갈라 화장지 대용으로 걸려 있었다. 화장지가 없던 시절엔 신문이나 노트를 화장지 대신으로 썼다. 내가 초등학교 시절 사용한 노트에는 '기러기'라는 제목의 시가 적혀 있었고, 선생님이 표시한 빨간 색연필로 동그라미가 다섯 개가 그려져 있었다. 수·우·미·양·가를 그 시절 동그라미 수로 평가했다. 기러기가 ㅅ자나 ㄱ자를 그리며 날아가는 것을 보니, 사람도 무리 지어 날아가는 기러기를 보고, 한글을 배워보자는 내용이었다. 그 귀중한 내 자료를 가지고 와 보관했으면 좋았으련만 그냥 피식 웃으면서 화장지로 사용했다. 그러고 보니 나도 초등학교 시절 '시'를 써본 경험이 있었다.

얼마 전 경험한 시 한 편이 또 있기는 하다. 농담처럼 들리겠지만 사실이다. 복지관에서 '행복한 부부'라는 단어로 5행시를 써 보라는 행사가 있었는데 이에 참가했으니 이것도 시라면 시라 할 수 있겠다.

노인복지관의 교육 프로그램에 '글쓰기' 반이 있어 신청하여 강의를 듣게 되었다. 마침 자서전을 준비 중이기에 글을 다듬어보는 데 도움을 받기 위해서였다. 강사는 시인이었는데, 시 만을 가지고 강의하고 토론이 이어졌다. 강의 중심보다는, 처음 시작하는 과정이 아니고, 이미 오래전부터 강의를 들어온 수강생들이어서, 각자가 써 온 시를 가지고 발표하고 토론하는 형태였다. 강사의 시집을 한 권 선물로 주기에 처음으로 시집을 통째로 읽어 보는 경험을 했다.

시는 특별한 형식과 정의가 없다고 한다. 요즘엔 한 줄짜리 또는 두 줄짜리 시가 유행이고 그러한 시로 엮은 시집이 가장 잘 팔린다고 한다.

인생은 즐겁게 살아야 하고 특히 노년에는 그래야 한다. 나는 이러한 것을 추구하기 위해 노래가 좋다고 여겨 여기에 푹 빠져 보내고 있었다. 그런데 글쓰기 강사가, 노년에 즐겁게 시간 보내기에는 글 쓰는 것처럼 좋은 것이 없다고 강조하였다. 이를 체험해 보니 옳은 말이라고 여겨진다. 사람에 따라, 또 다른 것이 있을 수 있겠지만, 나는 노래와 글쓰기에 취미로 하고, 사진 찍기로 소일하고 있으니 충분하다고 여겨진다. 음치가 노래를 즐기고, 글쓰기엔 글렀던 내가 글을 쓰면서 노년을 보내리라곤 상상해 보지 않았던 일이다.

4~5년 전 미국에서 101세 화가 할머니가 사망했다. 그녀는 76세에 그림을 시작하여 명품 그림을 많이 남겨 놓았고, 일본에선 10세에 초등학교를 중퇴한 시바타 도요라는 할머니는 92세에 시를 짓기 시작하여 99세에 시집을 발간하여 100만 부 이상 팔리는 베스트셀러 작가가 있었다.

그래서 나도 시에 도전해 보고 있다. 나의 묘비 문을 포함하여 4~5편이 완성(사실 글에는 완성이라는 게 없다. 글은 계속 정정해야 한다)되었는데 이러다가 시집도 한 권 내 볼까도 생각해 본다.

*****

오행시/행복한 부부

행 행복한 부부

복 복 받는 부부에게

한 한 가지 분명한 것은

부 부부란 서로서로

부 부족한 부분을 채워 가는 것

삶

삶은 생사의 연속

떠오르는 태양과 함께 태어나고
잠이 들면서 죽는다

지금은
오늘은
언제나 새로 주어지는 모험과 기회
희로애락의 출발점

식물이 씨앗을 남기고 죽어 분해되듯
사람은 자손으로 부활하며 사라진다.

우리

너와 내가
함께하면
우리가 된다
우리에서
나를 더하면
나쁜 우리가 되고

우리에서
나를 빼면
좋은 우리가 된다.

여자

유아 시절 여자를 만났다.
여자인 줄 몰랐다

십 대에는
부끄러워 피해 다녔다

이십 대에는
자석 같아 결혼했다

삼사십 대는
아내만 여자였다

오십 대에는
어물쩍 지나온 세월이 야속했고
설렘이 찾아왔다

육십 대에는
덤덤하고 편하다

우정 이상 사랑 사이의
연애 감정이 안 생기는 이성 친구는
노년을 싱그럽게 만든다.

달과 별

유년 시절 전깃불이 없었다
밤길을 걸을 때 랜턴도 없었고 호롱불도 없었다

그믐 때는 별빛만으로도 밤길을 걸었다
구름이 많은 날은 좁은 논둑길에서 나뒹굴기도 했다

초승달이라도 떠 있으면 고마웠고
보름달은 금상첨화였다

밤이면 별과 달이 가장 아름다웠다
견우와 직녀가 만나기 위해 건너는 은하수도 별이었다니

도시에선 별이 사라졌다

자다가 문득 눈을 떠 보면
달빛이 방 한켠을 차지하고 있다

커튼을 걷어 하염없이 계수나무 숲속으로 들어가 본다
아련하게 유년 시절 추억 속에 잠긴다

그러다가 내 늙음에 소스라치게 놀란다.

묘비문

'바보 국민'이라는
별명을 들으며
진실과 정의의
삶으로 손해 보기도
했지만
그렇게 사는
사람들로부터
혜택을 많이 받은
사람 여기에 묻히다.

죽음을 맞이하며

나도 살 만큼 살다 보니
이승이 얼마 남지 않았음을
알게 된다

가야 하는 저승을 맞이하면서
나의 모든 삶은
여기 놔두고 간다

버려진 육신도
흔적 없이 풍화될 이승에서
이름만 남기고 간다

짧지도 길지도 않았던 나의 삶은
지나친 부끄러움도 없고
지나친 긍지도 없다

육신도 영혼도
이승이나 저승에도 없을 것이다

이 세상 즐겁게 잘 놀다 가련다.

14   책을
발간해 보자

세상을 살아가는 데 있어 바쁜 사람은 바쁜 대로, 한가한 사람은 한가한 대로 살아가면 된다. 물론 한가한 사람보다는 바쁜 사람이 다른 일도 더 많이 할 수 있다는 말이 있기는 하다. 일설에 의하면 무슨 일을 맡길 때 한가한 사람에게 일을 맡기는 것보다 바쁜 사람에게 맡겨야 일이 더 빨리 성사된다는 것이다. 한가한 사람은 한가한 생활습관으로 인해 모든 것을 한가롭게 생각하고, 일도 한가롭게 한다는 의미가 담겨 있다.

이번 글에서 다루고자 하는 것은, 바쁜 사람이 갑자기 할 일이 없어져 한가해질 때 어떻게 보내는 방법을 찾는가이다. 대표적인 사례로 정년을 맞은 사람이 있겠고, 구조조정 등으로 갑자기 직장을 잃었다든가 개인 사업자가 파산한 경우 들이다. 물론 갑자기 자기가 하던 일이 싫어져 스스로 중단했을 경우도 해당한다.

이러한 경우 혼자서도 보내는 방법을 찾아야 하고, 이에 익숙해져야 한다. 여러 가지 방법이 있겠지만 내가 추천하는 것은 등산과 도서관 출입이다. 그 기간은 짧게는 1~2주일이 될 수도 있지만 2~3년까지도 무난하다.

어떤 사람들은 무조건 3년간 도서관에 들어가 책만 읽으며 보낸 이들이 있다. 대표적으로 민들레 영토의 지승룡 사장, 김병완 칼리지의 김병완 대표, 조경애 책 쓰기 연구소 소장들이 있다. 지승룡 사장은 종교인 출신이지만, 사업을 접고 도서관에 들어갔고, 김병완 대표는 잘나가는 삼성전자 핸드폰 사업 연구관이었고, 조경애 소장은 하는 사업마다 안 돼 수배자 생활까지 하다가 도서관에서 3년을 보냈다. 지승룡 사장은 그 기간에 2천 권의 책을 읽었고, 김병완 대표는 1만 권을 읽었고, 조경애 소장은 생존 독서와 생존 글쓰기에만 몰두했다고 한다. 현재 지승용 사장은 독특한 대형 카페를 세워 기업형으로 운영하고 있고, 김병완 대표와 조경애 소장은 개인 사업자이면서 책의 저자와 책 쓰기 멘토로 제2의 의미 있는 삶을 영위해 가고 있다. 김병완 대표는 5년간 80권의 책을 펴냈고, 이중 베스트셀러도 여러 권 포함되어있다.

인간이 대표적으로 추구하는 것은 행복이다. 행복하기 위해서는 즐거워야 한다. 정년 후에 즐길 수 있는 것은 무엇일까? 나는 숲 산책을 많이 해 보았다. 제주도의 400km가 넘는 전 올레길을 완주했고 그 외 많은 명소 길을 다녀 보았다. 두 번째 노래 부르기에 도전했다. 음치가 도전하여 조그만 콩쿠르대회에서 최우수상을 받기도 했다. 내게는 이 두 가지로는 가치와 의미가 부족하다. 그런데 글쓰기는 나에게 큰 즐거움을 선사해, 글쓰기처럼 즐길 수 있는 것이 없다고 생각한다. 의미와 가치도 충분하다. 책 쓰기는 글쓰기에서 한 단계 더 업그레이드하는 작업이다. 글 쓰는 사람에게 무료함이란 있을 수 없다. 모든 것이 글의 소재이기에 흥미롭고, 시야와 관점이 달라진다. 할 일이 마땅치 않으면 이미 써 놓은 글을 펼쳐 놓고 다듬어 보면 된다.

앞으로 5년마다 직업을 바꿔야 하는 시대가 열린다고 한다. 그러나 글쓰기만은 절대 없어지지 않을 직업이라고 한다. 정년을 맞은 사람들이 여기 참여한다면 더할 나위 없이 좋을 것이다.

나는 이 기간을 등산으로 해결했다. 제주에서 나이 60전에 직장 생활을 마치고 2년간은 일부 도서관에서 생활하기도 했지만, 대부분 한라산과 오름에서 보냈고, 올레길의 전 구간을 걸었다. 서울에 올라와 다시 1년간은 북한산과 도봉산에서 보냈다. 나름 건강을 유지하면서 실업자로서 연착륙하는데 무난하게 적응해 나갔다.

60세에 정년을 맞이했다고 해도 80세까지라면 20년의 세월이 남아 있다. 사람은 어떤 분야든 10년만 노력하면 전문가가 될 수 있다고 한다. 20년이면 새로운 두 종류의 전문가가 될 수 있는 기간이다. 먼저 독서부터 시작하는 방법은 최고의 검증된 방식이다.

이 기간에 책 쓰기에 도전할 것을 적극적으로 권장한다. 책은 국문학과 출신들이 쓰는 것으로 알던 시대는 이제 지나갔다. 운전은 어느 특수 직만 하던 시절이 있었지만 이젠 누구나가 한다. 자가용과 핸드폰은 일부 사람만이 소유했지만 이젠 누구나가 소지하고 있다. 카메라도 마찬가지다. 이젠 핸드폰만 있으면 누구나 사진을 찍을 수 있다.

글쓰기가 책 쓰기보다 한발 앞서가고 있지만, 책 쓰기도 누구나 도전하는 시대가 열리고 있다. 호랑이는 죽어서 가죽을 남기고 사람은 이름을 남긴다고 했다. 그러나 이젠 사람은 자식을 남기고, 자신이 집필한 책을 남긴다는 말로 바뀔 것이다. 자식을 낳지 않는 사람들이 늘어나다 보니 이젠 책만 남는 시대가 오리라고 본다.

책 쓰기와 글쓰기는 전혀 다른 것이다. 글쓰기는 일기처럼 독자가 개인이므로 개인 중심이고, 책 쓰기는 독자 중심이다. 글쓰기는 문장력을 요구하지만, 책 쓰기는 스킬이며 경영이다. 글이 재료라면 책 쓰기는 건축이다.

직장인이나 자영업자들은 자기 전문 분야의 책을 쓸 수가 있다. 사람은 어느 업종이든 10년간 일하면 그 분야의 전문가가 된다. 그 내용을 살려 책 쓰기를 하면 된다.

은퇴자들에게 가장 적합한 책 쓰기는 '자서전'이다. 최초 자서전을 쓴 사람은 루소로 알려져 있다. 그의 고백록에서부터 자서전이 시작됐다. '한 사람의 인생이 바로 한 권의 책이다. 동네 영향력 있는 어른이 한 분 돌아가시면 도서관 하나가 사라진 것과 같다.'라는 말이 있다. 자서전은 내 얘기만 쓰는 것이 아니다. 주변 사람 얘기, 사회 환경 등 추가하면서 쓰면 된다. '우물쭈물하다가 내 이럴 줄 알았다.'라고 버나드 쇼는 묘비명을 남겼다. 미국 프리처상을 받은 언론인 러셀 베이커는 자신의 인생에 대해 자식이 청소년기에는 관심이 없고, 자식이 부모에게 관심을 가질 때에는 이미 죽은 후기에, 자서전을 남기기로 했다고 한다. 자서전을 쓰게 되면 의미 있는 가치로 남게 되며, 살아있는 교훈이 되는 기록물을 남기게 될 것이다.

또한 자아정체성을 발견하고 세상에 휘둘리지 않으며, 자신의 존재 가치와 명예를 위한 일이기도 하다.

  책 쓰기를 하면 여러 가지 좋은 점이 있다. 자신을 성찰하고, 숙고하는 시간과 기회가 주어져, 한층 더 성장하는 계기가 된다. 소크라테스는 '너 자신을 알라'고 했다. 나를 아는 가장 좋은 방법은 자서전을 써 보는 것이다. 책을 한 권 발간했다는 성취감은, 어느 것과 비교할 수 없이 그 자부심이 크다. 글을 쓰는 것은 재주지만, 책을 발간하는 것은 경영이다. 진짜 공부는 가르쳐 보는 것에 있다. 책을 써 보면 진짜 공부가 되어 그 방면의 전문가가 된다. 책 100권을 읽는 것보다 1권의 책을 쓰는 것이 낫다. 책은 최고의 자격증이고 최고의 명함이자 스펙이다. 저서 한 권이 박사 학위 이상의 효과를 볼 수도 있다. 책을 발간하면 작가의 반열에 서게 되어 영향력이 커지고 삶이 바뀐다. 글과 강의의 요청이 시작되고 같은 강의를 해도 등급이 달라 강의료가 높아진다. 인세 수입은 용돈 수준을 넘어 부가 동반된 풍요로운 삶으로 연결될 수도 있다. 책을 쓰는 것이 그리 어렵지 않다. 고생한 사람들일수록 글거리가 많아 책 쓰기가 쉽다. 눈물 젖은 빵을 먹어보지 않은 사람과는 인생을 논하지 말라고 괴테는 말했다. 글을 쓰면서 치유도 일어나고 자신을 성장시키게 되는 것이 책 쓰기이기 때문이다.

내가 책을 발간해 보리라고는 꿈에도 생각해 본 적이 없다. 그러한 내가 책 쓰기에 도전하고 있다. 그냥 일기 쓰듯이 블로그에 모아 놓은 것은 있다. 노인복지관에서 노인들을 대상으로 '자서전' 과정이 있어 참여했다. 말이 자서전이지 볼펜으로 A5 용지에 글을 쓰고 사진

을 붙이며 자서전 흉내를 내는 것이었다. 사람에 따라 10~20편의 글로 편집하여 표지를 만들고 철끈으로 묶어 내는 것이었다.

이 시도가 나에게 자서전을 정식으로 발간하게 하는 계기가 되었다. 컴퓨터 여기저기에 숨어 있는 글을 찾아냈고, 새롭게 쓴 글도 많아졌다. 그러다 보니 50여 편이 모여 250페이지 정도의 책 한 권 분량이 나왔다. 코로나로 인해 집에 있는 시간이 많아, 200여 편의 글이 1,000여 페이지로 늘어나게 되어, 책 4권 정도의 분량이 되었다.

원래 고희 기념으로 발간하려 했으나, 욕심이 생겨 미리 한 권, 한 권 발간해 보려고 한다. 물론 고희 때 찾아온 내빈에게는 나누어 드릴 것이다. 2021. 02. 23.

15 기획 출판의 책 발간
성사되다

글쓰기와 책 쓰기는 같은 것 같으면서도 별개다. 우선 국문법상 글쓰기는 붙여 쓰고 책 쓰기는 띄어 쓴다. 글쓰기는 기술이고 책 쓰기는 경영이다. 글쓰기를 하는 사람이 책 쓰기로 연계되나, 글을 쓴다고 해서 책이 만들어지는 것은 아니다. 그래서 책 쓰기는 책을 쓴다기보다는 책을 만들기라는 표현이 더 적절하다고 본다.

최근에 책 쓰기 열풍이 불고 있다. 자서전 쓰기도 아울러 병행하고 있다. 나도 노인 복지관에서 수강 과정으로 개설한 '자서전 만들기' 프로그램에 참여했다가 1년이 지나 정식 책을 발간하는 단계까지 와 있다. 복지관에서 개설한 '자서전 만들기'란, 말만 자서전 만들기지 노인들에게 자존감을 불어 넣어 주려는 맛보기 같은 것이었다. 각자가 펜으로 적고, 사진은 가위로 오려 풀로 붙여서 20~50페이지 정도 만들어 보는 과정이었다. 대부분 컴퓨터 접근이 안 되는 분들을 대상으로 한 것이었다. 물론 나는 워드를 사용하여 100

페이지 되는 분량으로 완성했다.

어쨌든 그것이 계기가 되어 내가 쓴 글을 모으기 시작했다. 컴퓨터에 숨어 있는 것과 블로그에 올려져 있는 것, 책꽂이에 인쇄물로 되어 있는 것까지 다 모아 보았다. 그리고 새로운 글 소재가 떠오르면 일주일에 3~4편씩 써 내려갔다. 보통 책을 만들려면 200~250페이지는 되어야 한다. 이는 A4용지 100~120매 분량이다. (200자 원고지 800여 매/글자 150,000자 내외) 1~2개월 내 250페이지 분량이 모였고 5~6개월 지나 1,000여 페이지가 되어 상·중·하권 분량을 넘어 4권을 별도로 만들어야 할 분량이었다.

그러면서 책을 발간해 보겠다는 욕심이 생겼다. 책을 어떻게 발간해야 하는지는 전혀 아는 것이 없었다. 관련 서적을 구매하여 읽어보고 유튜브에 공개된 자료들을 검색해 방법을 찾아보았다.

책을 발간하는 방법은 두 종류가 있다. 자비로 내는 방법이 있고 출판사가 만들어 주는 것이 있다. 후자를 '기획 출판'이라 한다. 유명 인사는 기획 출판을 하지만, 초보자들은 보통 자비 출판을 하게 된다. 자비 출판을 하려면 보통 500만 원 이상 비용이 들어가고, 기획 출판은 오히려 출판사로부터 선급금을 받고 책이 팔리는 분량에 따라 인세 수입이 들어온다.

자비 출판을 하려면 최소 몇백만 원이 있어야 하나, 최근에는 출판 기술의 발달로 무비용으로 발간하는 '전자책 출간'도 있다. 전자책을 인터넷을 통해 접근하는 것으로 생각하는 것은 맞지 않는다. 종이책으로 일반 책과 똑같이 발간이 가능하기 때문이다. 원고만 잘 넘겨주면 거짓말 같지만, 돈이 전혀 들지 않는다. 예를 들어 책 값이 1만 원이면 내가 내 책을 1만 원 주고 사면 그것으로 끝난다. 옛날처럼 아무리 한 권이라도 최소 수십 권 값을 내라고 하지 않는다. 그렇게 해도 출판사가 손해 보지 않는다. 인쇄 기술의 발달 때문이다. 그 책을 남이 사 가면 사 가는 대로 인세가 들어온다. 본인이 한 권도 사지 않고 남이 사주기만 한다면 돈 한 푼 들지 않고 수입을 올릴 수 있는 아주 좋은 방식이다. 인세의 비율도 기획 출판보다 훨씬 유리하다. 기획 출판은 저자 몫이 8~12%인데 비해 전자 출판은 최소 40% 이상이다. 문제는 디자인 등 품격이 낮고 판매가 쉽지 않다는 데 있다. 그래도 초보자들에게는 매력적인 출판 방식이다. 특히 소량 출판이 유리하다. 자비출판 같지만, 자비가 들어가지 않으니 자비출판이 아니고, 출판사 책임하에 발간되는 것이 아니니 기획 출판도 아니다. 기획 출판이 아니면서 인세가 들어오는 아주 특이한 인쇄 방식이다. 재고량은 없다. 그러나 누구든지 그 책을 구매 요청하면 집에 도착한다. 주문받아 주문 양만 만들어 배송하기 때문에 시간은 많이 걸린다. 주문해서 받는 데까지 1주일 이상 소요된다.

그래도 대부분의 저자는 기획 출판을 원한다. 기획 출판은 초보 작가들의 로망이다. 문제는 초보자들이 기획 출판을 해주는 출판사를 만나기가 하늘의 별 따기이다. 그들의 눈물겨운 체험담을 들어보면 콘텐츠가 좋은 원고를 가지고 출판사 100~200군데를 접촉하여 성공률 1%대로 간신히 출판을 할 수 있었다는 경험담이 대부분이다. 출판사와의 접촉에서 거절당했다고 너무 실망할 필요는 없다. 출판사가 자신의 글을 몰라보는 실수를 할 수 있기 때문이다. 출판사에 1조 원의 매출을 올린 조앤 롤링의 '해리포터와 마법사의 돌'이라는 책은 12번 거절당했고, 노벨 문학상을 받은 윌리엄 골딩의 '파리 대왕'은 20번, '안네의 일기'도 15번 거절당했다고 한다. 따라서 자신의 글이 좋다고 생각되면 출판사와의 접촉은 중단하면 안 된다.

출판사를 직접 찾아갈 수도 없고, 전화 상담은 한계가 있어 이메일을 이용하는 것이 가장 편리하다. 저자들은 출판사 연락처를 알기 위해 우선 서점을 찾아간다. 자신이 만든 책과 장르가 비슷한

코너에 가서 책의 앞 또는 뒷부분에 나오는 출판사의 연락처(이 메일)를 적어 와서 100군데고 200군데고 접촉을 해야 하는데 그 성공률이 지극히 낮다. 햇병아리 저자들은 보통 1%의 가능성으로 성사시켰다. 물론 그것도 원고가 충분히 책을 낼 수 있는 정도의 수준이 되었을 때의 이야기이다.

나도 평소 아는 출판사가 전혀 없었다. 순간 머리에 떠오른 것은 10여 년 전에 원고를 보내 달라는 출판사가 있었다. 노무현 재단에서 노무현과 특별한 인연을 맺은 사람들의 에피소드를 엮어 책을 발간할 때 내가 그중의 한 사람으로 선정되었다. 물론 내 원고가 그 책의 일부분을 구성하고 있었다. 그나마 인연이 있는 출판사라 위치를 알아보아 직접 방문했다. 내 원고는 자신들이 출판하는 콘텐츠와 맞지 않는다며 정중히 거절했다. 어쩔 수 없이 우선 내 서재에 있는 책을 펼쳐 출판사 연락처를 발췌하고 도서관에 가서 일부 보강하였다. 우선 서른 군데 출판사에 이메일로 내가 귀 출판사의 도움을 받아 책을 내고 싶다는 의사를 전달했다.

한 군데서 만나자는 연락이 왔고, 두 군데서 원고를 보내보라는 회신이 왔고, 다섯 군데서 자신들의 출판 콘텐츠와 맞지 않는다며 거부 회신을 보내왔고, 나머지는 아무런 연락이 없었다. 이 정도 반응이 온 것만 해도 다른 사람들의 경험에 비하면 양호했다. 사장과 면담을 한 곳에서는 편집자들과 다시 논의를 거쳐 연락을 주겠다고 했는데 보름이 지나도 연락이 없다. 전화로 문의해 볼까 하다가 그냥 포기했다. 원고를 보내 달라고 해서 보내 준 곳에서도 연락이 없다.

두 번째 시도를 위해 산본 로데오 거리에 있는 대형 문고에 출판사 연락처를 조사하러 갔다. 메모하는 대신 출판사 연락처가 있는 부분을 핸드폰 카메라로 찍으니 문고 직원들이 사진을 찍으면 안 된다고 제재했다. 책 내용을 찍는 것이 아니고 출판사 연락처만 알아보려 한다고 했으나 그래도 안 된다는 것이었다. 어쩔 수 없이 이미 사진에 담은 20여 개 정도의 연락처를 확보하여 돌아왔다.

지난번에 보냈던 내용보다 더 성의 있게 문장을 다듬은, 원고 투고 제안서와 원고 일부를 첨부해서 다시 이 메일로 보냈다. 보내고 한 시간쯤 지나 출판사 사장으로부터 수일 내로 만나자는 연락이 왔다. 아직 약속 날짜가 정해지진 않았다.

통화를 마치고 한 시간쯤 지나 다시 벨이 울려 전화를 받아보니 다른 출판사 사장의 전화였다. 다음 날에도 한 군데 더 연락이 와

출판을 적극적으로 검토해 보겠다고 했다. 두 번째 출판사가 가장 적극적이었다. 몇 가지 제안을 하더니 그것이 가능하면 바로 계약을 하자고 했다. 내가 충분히 수용할 수 있는 제안이었다. 판매가의 30%를 할인해서 내가 소진할 수 있는 일정량의 책을 줄 테니 그것만 수용하면 계약하겠다는 것이었다. 그 이후에는 매월 판매되는 대로 인세 10%를 주겠다는 조건을 제시했다. 내가 계약금을 받는 대신 일정량의 책을 소진하는 조건이다. 어차피 내 주변 사람들한테 선물하고, 햇병아리 저자로서 홍보하려면 그 정도는 감수해야 한다고 판단했다. 자비 출판을 하려면 최소 500만 원 이상 부담될 텐데 나로서는 손해 볼 게 없었다. 다른 사람들에 비해 너무 쉽게 진전되기에 놀라울 뿐이다. 내가 출판사로 찾아가겠다고 했더니, 사장이 말하기를 '제가 작가님을 찾아뵈어야지요.' 하면서 군포까지 찾아와 성사되었다. 첫 만남이자 계약은 점심 식사를 겸해 군포 시청 인근 음식점에서 이루어졌다. 식사를 마치고 곧바로 계약서를 작성하고 날인하여 한 부씩 나누어 가졌다.

우리 동네에 오신 손님이니 식사비는 내가 계산하겠다고 했으나 출판사 사장님이 계산했다. 이 출판사에 대해 알아보니 대형 출판사였다. 대형 출판사에서 책을 내면 여러 가지 장점이 부수적으로 따라온다. 책이 빨리 발간되고, 책의 품격이 높아지고 홍보도 잘 된다. 우연히 굴러온 기회치고는 행운이 아닐 수 없다.

제일 먼저 연락 온 출판사에 양해를 구했다. 혹시 기대하고 있을 수 있기 때문이다. 직접 먼저 찾아온 분의 제안이 적절하여 귀 출판사와는 협상할 필요가 없게 됐다고 알렸다. 자기네들은 이미 표지 디자인에 들어가며 출판팀 준비를 하고 있었다고 했다. 지방 출장이 있어 나와 약속 날짜를 잡지 못한 것을 아쉬워했다.

내가 책을 발간할 수 있었던 것은 전 세계인에게 악몽을 안겨준 코로나 덕분이다. 코로나로 인해 모든 활동이 중단되어, 감옥살이하듯 집 안에 있다 보니, 시간이 충분했고, 이 충분한 시간은 글을 찾아내고 정리하고 새로 쓰고 다듬는 데 더할 나위 없이 좋은 기회였다. 위기와 불행을 최대한 활용했던 것이다.

내가 정한 '버킷 리스트' 중에 가장 의미가 있는 과업이 달성되는 순간이 다가오고 있다. 2~3개월 지나면 '저자 유중희'라고 해서 기획 출판된 책이 나오게 된다. 책을 받아보는 기분을 상상해 본다. 전국의 대형 서점에 '저자 유중희'라고 적힌 내 책이 진열된다는 것이 초등학교 시절 소풍 가기 전날처럼 설렌다. 최고의 스펙은 자신의 저서이다. 저자로 등극한다는 것만으로도 충분하다. 기적이 일어나 책이 많이 팔려 꼬박꼬박 인세가 들어온다면 더할 나위 없이 좋겠지만, 이는 운명에 맡길 뿐이다. 인세로 차를 바꾸고 건물을 샀다는 소문도 들린다. 나는 인세 수입이, 지인과 식사할 때 식사비는 내가 무조건 낼 수 있는 수준이라면, 더할 나위 없이 좋을 것 같다.

/ 2021. 03. 23.

16 국어 문법을
다시 공부하다

　한국인들은 대체로 영문법은 어느 정도 알아도 국문법에 대해서는 예상외로 취약하다. 영어의 품사는 대부분 아는데 국어의 9품사는 잘 모른다. 예를 들어 형용사는 명사를 꾸며주는 품사로 알고 있다. 이는 영문법 개념이다.

　국문법에선 명사를 꾸며주는 것은 관형사 또는 관형어이다. 형용사는 문장의 서술어가 기본이고, 명사를 꾸며줄 때는 관형사형 연결어미 ㄴ은, 는, 던을 이용하여 명사를 꾸며준다.

　나는 글씨도 잘 쓰지 못하고, 글도 잘 쓰지 못했다. 즉 문장 구성인 글도 잘 쓰지 못했지만, 글씨체도 엉망이었다. 노인 복지관에서 웰다잉 사업의 일환으로, 노인들을 상대로 '자서전 만들어 보기' 과정이 있었다. 자신의 살아온 이야기를 적어보고 사진을 붙여, 무늬만 자서전인 20~30페이지 분량으로 만들어 보는 과정이었다. 이렇게 발을 들여놓고 그동안 틈틈이 써 놓았던 수필을 모아보니,

250페이지 정도의 충분한 책 한 권의 분량이 되었다.

그런데 문제는 그 글의 내용은 살아 있지만, 문장 다듬기와 맞춤법, 띄어쓰기가 엉망이었다. 주변의 학교 선생님 출신인 지인들에게 교정을 맡겨보니 새빨갛게 고쳐졌다. 그 이유는 내가 국문법을 잘 모르거니와 학창 시절 배운 문법 자체가 많이 바뀐 것도 있었다. 코로나 시대를 맞이하여 집에 머무는 시간이 많아 이 기회에 국문법 공부를 처음부터 다시 해 보기로 했다. 특히 띄어쓰기는 국문법에서 가장 마지막 단계이고 가장 까다로운 과정이었다.

예를 들어 모든 품사는 띄어 쓰는 것이 원칙인데, 조사, 접사와 어미는 붙여 쓴다. 그 단어의 품사가 정해져야 띄어 쓰는 기본이 갖추어지는데, 우선 그 단어의 품사를 알아야 띄어 쓸 수 있다. 문제는 같은 단어라도 용도에 따라 붙여 써야 하는 조사가 되기도 하고 띄어 써야 하는 명사가 되기도 한다. 어떤 것은 관형사라 띄어 써야 하고 어떤 것은 접두사라 붙여 써야 한다. 합성어는 몇 개의 품사가 섞여 있어도 무조건 붙여 써야 한다.

'밖에'가 조사면 붙이고, 명사이면 띄어 쓴다. '집 밖에 나가 고생해 보니 집밖에 없더라'에서 앞에 '밖에'는 명사+조사라서 띄어야 하고 뒤에 '밖에'는 조사라서 붙여 써야 한다. "~"라고는 조사라 붙여야 하고, "~" 하고는 동사라 띄어야 한다. 볼 듯하다는 '하다'가 접미사라 붙이고, 듯도 '하다'는 동사라 띄고, 볼 듯하다에서 '듯'은 보조용언이라 띄고, 보듯 하다는 '듯'이 어미라 붙인다. 이런 것들이 문법상 올바른 띄어쓰기다. '눈같이 희다'와 '우리 같이 가자'에서 앞 '같이'는 조사라 붙이고, 뒤 '같이'는 부사라 띈다. '새 쌀'은 관형사라 띄어 쓰고, '햅쌀'은 접두사라 붙인다.

'이것/그것/저번'은 붙이는데, '이 글/그 섬/저 쪽'은 띈다.
'글쓰기'는 붙이는데, '책 쓰기'는 띈다.
'하던 대로/왔던 대로'는 띄는데, '바른대로/그런대로'는 붙인다.
'지난겨울'은 붙여야 하는데 '지난 계절'은 띈다.
'첫인상'은 붙여야 하는데 '끝 인상'은 띈다.
'맏딸/큰딸'은 붙이는데 '작은 딸'은 띈다.
'부실기업'은 붙이는데 '우량 기업'은 띈다.
'동기간/ 좌우간'은 붙이는데, '세대 간/ 친구 간'은 띈다.
'재직 중/ 하는 중'은 띄는데, 은연중/부재중은 붙인다.'
'사과하고 배'는 붙이는데, '서울 하고 강남'은 띈다.
'저물녘/새벽녘'은 붙이고, '동틀 녘/해 질 녘'은 띈다.
'올데갈데없다/본체만체하다'는 합성어라 전부 붙여 써야 한다.

문장이 길다고 띄어 쓰는 것만도 아니다. '너에게서까지조차도 그래요'는 어느 곳도 떼어서는 안 된다. '너'는 대명사이지만 나머지는 전부 조사로 조사는 체언인 대명사에 붙여 쓰되 조사끼리는 붙여쓰기 때문에 전부 붙여야 한다. 대신 '모르는척살만도한데'의 옳은 띄어쓰기는 '모르는 척 살 만도 한데'로 네 군데 띄어 써야 한다.

'숟가락'과 '젓가락'은 같은 밥 먹는 도구인데도 받침이 다르다.

'전셋집/맥줏집'은 사이시옷이 들어가는데 '전세방/맥주병'은 사이시옷이 안 들어간다.

'냇가'는 사이시옷, '대가 나 화병'은 사이시옷이 안 들어간다.

'어깨/듬뿍'은 소리 나는 대로 적는데, '국수/법석'은 소리 나는 대로 적어서는 안 된다.

ㄴ/ㄹ은 두음법칙에 따라 '여성'의 '여'가 뒤에 나오면 '녀'라고 하면서 나열/분열/신여성/ 해외여행 등에서 '열/여'는 첫째가 아닌데도 '여/열'로 적는다.

이러한 것들은 감으로 알 수 없는 문법들이다. 문법의 원칙과 예외 규정을 알아야 한다. '비와 바람이 심하게 불었다'라고 적어도 안 된다. '비가 많이 내리고 바람이 심하게 불었다'라고 해야 한다. 이런 것들을 제대로 모르고 글을 써 보았으니 교정할 부분이 많은 것은 당연했다.

마침 유튜브에 들어가 보니 노량진 학원의 명강사들이 올려놓은 좋은 강의 자료들이 즐비하게 있었다. 강의를 들어보니 형태소가 어떻고, 파생어가 어떻고, 선어말어미가 어쩌고 처음 들어보는 용어들이 즐비하게 나오니 꼭 외국어 공부하는 것 같아 알아들을 수도 없었지만, 20~30강 이상 일단 들어보고 나니 이제야 서로 얽히고설킨 관계가 엮어진다.

이 시기에 배운 국문법을 정리해서 나의 블로그에 차곡차곡 정리했다. 이 배움은 나의 자서전을 다시 읽어보며 교정하는 데 많은 도움이 되고 있다. 제대로 다듬어서 2~3년 후에 다가오는 고희연에 자서전을 제대로 만들어서 하객들에게 답례하려고 한다.

이는 내 버킷 리스트의 첫 번째 항목이기도 하다. 이 국문법 정리는 생 기초도 모르던 사람이 정리하다 보니, 많은 부분이 부족하고 잘못된 부분도 있을 것이다. 부족한 부분이나 잘못된 부분이 있으면 관심을 두고 언제든지 연락 하시어 업데이트되도록 의견을 주시면 고맙겠다.

마지막으로 국문법을 담당하는 학자들에게 당부하고 싶은 것이 있다. 한글은 세종대왕이 어리석은 백성들이 쉽게 소통할 수 있도록 만들어 놓은 언어이다. 언어는 소통하기 쉬운 수단이어야지 예외 규정 등이 많아 너무 어렵게 만들어 놓으면 우리 한국인들도 배우기 어렵다. 특히 선진국 대열에 합류한 대한민국에서 살고 있는 외국인들도 한글을 많이 접하게 되는데, 그들에게도 배우기 쉽게 단순화되기를 소망해 본다.

국문법 정리 목차

1. 국문법 개요
    1-1 한글 맞춤법
    1-2 국문법 이해
    1-3 단어와 문장의 형성

2. 문장 성분
    2-1 형태별 분류
    2-2 문장 성분

3. 품사
    3-1 체언-명사, 대명사, 수사

3-2 용언-동사, 형용사, 용언의 활용

3-3 수식언-형용사, 부사

3-4 관계언-조사

4. 복합어

4-1 합성어-주요 합성어

4-2 파생어-접두사, 접미사

5. 접사와 관형사/어미의 구별

5-1 관형사와 접두사의 구별

6-2 접미사와 어미의 구별

6. 국문법의 주요 원칙

6-1 된소리

6-2 두음법칙

6-3 사이시옷

6-4 부정문

6-5 부호

7. 혼동하기 쉬운 단어 구별

8. 띄어쓰기

9. 문장의 올바른 표현

10. 로마자와 외래어 표기

* 부록

1 국문법을 다시 공부하다

2. 일기 쓰기

3. 글씨 잘 쓰기

* 동 자료는 개인 블로그(https://blog.daum.net/baboin79) '국어문법' 카테고리에 정리하여 올려놓았음.

17 블로그, 카페 및
밴드 관리

　삼성에 근무할 때 모든 직원은 자기 계발을 꾸준히, 의무적으로 하게 했다. 학원에 나가서 배워도 되고, 인터넷 강의나, 사내 교육 프로그램을 이수해도 된다. 책을 읽고 독후감을 제출해도 되는데, 아무것도 하지 않으면 안 된다. 나는 주로 사내 인터넷 교육 프로그램을 활용했다.

　교육 프로그램 중, 홈페이지 만드는 과정에 들어갔다. 홈페이지와 블로그는 비슷한데, 그때는 네이버나 다음과 같은 포털사이트가 없어 블로그 툴을 이용하지 못해 HTML을 활용하여 직접 만들었다. 인터넷 강의이기에 질문도 못 하고, 그냥 따라서 익혀야만 했다. 홈페이지를 하나 만들어 띄우면 우주 공간에 집을 하나 마련하는 것과 같다고 했다. 전산 비전문가가 이를 한다는 것이 쉽지 않았다. 열심히 배운 대로 반복해도 실행되지 않았다. 수십 번의 반복 끝에 드디어 홈페이지가 열렸다. 환호성을 질렀다. 마치 집을 한 채

더 장만한 기분이었다.

그 개인 홈페이지를 한동안 활용하다 블로그가 나오면서 대체했다. 글도 올리고 사진도 올리고 특히 한라산과 북한산에 관련된 내용을 많이 담았다. 파일 수도 1천여 개를 넘게 되었고 누적 방문객도 2백만 명을 넘었다.

그러다 어느 날 모든 것이 날아갔다. 다음에서 제공하는 블로그였는데, 다음 본사를 찾아가 살리는 방법을 협의해 보았으나 살릴 수가 없었다. 내 글도 아까웠지만, 특히 한라산과 북한산에 관련된 사진과 탐방기가 너무 아까웠다. 한동안 넋을 잃고 지냈다. 다시 시작할 용기가 나지 않았다. 2~3개월 후 처음부터 다시 시작했다. 컴퓨터에 보관된 파일, 프린트해서 보관된 자료를 전부 모아보니 20~30% 정도는 다시 작업하여 살릴 수 있었으나 그 이상의 자료는 복구 불능이다. 그냥 날아간 것이다.

약 1년 이상 심혈을 기울여 파일 1천여 개를 다시 돌파했다. 카테고리는 자서전, 국어 문법, 웰다잉, 좋은 글, 친구-우정, 사진, 유머, 음악-가요, 여행/관광 등의 자료들이다. 그리고 좋은 글 밴드도 운영하고, 수리산 지킴이 카페도 개설하였고, 사람, 동물, 인체를 닮은 사진만을 모아보는 카페를 포함 4개를 동시에 운영하고 있다. 비전문가가 운영하는 것이라 부족한 부분이 많이 있지만 그래도 70을 바라보는 노인이 이 정도 하는 사람은 드물다.

젊은이들에게 온라인 생활에 뒤지지 않기 위하여 오늘도 자료 발굴에 나서고 있다. /2021. 03. 11.

제 2 장

봉사 활동

1 자원봉사 활동과 연애의 공통점
2 승용차 함께 타기
3 DJ 봉사 활동
4 캄보디아 파견 봉사 활동
5 환경 감시 NGO 봉사 활동
6 수리산 지킴이 봉사 활동
7 기타 봉사 활동

의인이란 향나무처럼
자기를 찍는 도끼에게
향을 뿜는 사람이다.

1 자원봉사와 연애의 공통점

봉사는 원래 상대방을 위해 도움이나 물건을 제공해 주는 일을 통틀어 부르는 말이었다. 그런데 시대가 점점 지나면서 뜻이 자원봉사에 가깝게 한정되었다. 영어로 보자면 Service와 Volunteer 둘 다 의미하고 있었지만, 지금은 Volunteer의 의미로만 쓰인다.

자원봉사의 3원칙은 무보수성, 자발성, 공익성이다. 봉사를 일회성으로 하긴 쉬워도 꾸준히 하기는 어렵다. 봉사하지 못하는 이유도 많다. 먹고살기 힘들어서, 바빠서, 피곤해서, 귀찮아서 등등. 대가를 바라고 하는 봉사는 진정한 봉사가 아니다. 자원봉사는 누군가의 필요를 채우는 일이다.

자원봉사 안에는 세상에서 가장 고상하고, 아름다운 인간이 영혼을 살찌우는 비밀이 있다. 자원봉사는 지루함을 잊게 해주고, 살아있음을 느끼게 해준다. 봉사는 작은 관심으로부터 시작된다. 봉사는 누군가에게 생색내기 위해서도 아니고, 누가 보지 않더라도, 칭찬하지 않더라도, 인정받지 않더라도 묵묵히 자기가 할 수 있는 일을 하는 것이 봉사이다. 캄캄한 밤중에 위험한 길거리에서 등불을 비춰주는 소경의 자세야말로 진정한 봉사자의 마음이라고 여겨진다.

인생의 비밀은 베푸는 마음에 있다. 무언가 남에게 도움이 되는 일을 하는 데서 진정한 즐거움을 얻을 수 있다. 자원봉사는 무언가 가치 있는 일을 하고, 남에게 필요한 존재가 되고, 사회에 의해 높이 평가받고자 하는 인간의 내적 욕구를 충족 시켜 준다.

은퇴한 지 3년 안에 죽는 사람들이 많다. 우리가 무엇인가를 생산하거나 봉사하는 느낌을 잃게 되면 삶에 대한 의지를 잃어버린다. 각자의 재능과 업무의 특성이 봉사활동과 쉽게 접목되도록 유도한다. 조건 없이 다른 사람들에게 사랑을 베푸는 고귀한 이들의 이야기는 언제나 벅찬 감동을 안겨준다. 자신이 소중하다고 생각하는 사람들을 돕는 것은 평생 동안 활력을 주며, 봉사활동의 참다운 정신은 사랑을 베푸는 정신으로 사회 지향적 메시지를 효과적으로 전달해 준다.

자원봉사와 연애의 공통점이 있다.

- ○ 내가 좋아서 한다.
- ○ 나를 필요로 한다.
- ○ 처음엔 떨린다.
- ○ 배려하게 된다.
- ○ 전과는 달라진 나를 발견할 수 있게 된다.
- ○ 자기 발전을 이룬다.
- ○ 무보수로 한다.
- ○ 갈등이 있다
- ○ 잘못하면 큰일 난다.
- ○ 기쁠 때도 있고 슬플 때도 있다.

봉사의 출발은 가정에서부터 시작되어야 한다. 신앙심이 두터운 신앙인이 가정을 팽개치고 교회 생활에 전념하여 가정이 파탄되는 경우도 있듯이 가정에서 봉사는 전혀 하지 않으면서 외부 봉사활동에 매진하는 것은 바람직하지 않다. 직장에 나갈 때는 하지 못했다 하더라도 은퇴자들은 우선 설거지나 청소, 쓰레기 분리와 내놓기부터 시작하면 좋다. 가끔 요리를 배워 정성껏 요리해 준다면 가족이 무척 좋아할 것이다.

나의 봉사 사례를 정리해 보면 이렇다. 어린 시절 우리 집 일은 하기 싫어도, 친구 집에 갔을 때 친구가 일하고 있으면 같이 놀지 못하고 옆에서 거들어 준 적이 있다. 유일한 친구에게 놀러 가면 항상 일하고 있어 도와주어야만 했는데, 그 일을 하는 것이 싫지가 않았다. 이것이 나에게는 최초의 봉사활동이었다고 생각된다.

나는 청소년 시절 서울에 혼자 올라와 자취방에서 공부하던 때, 주민등록이 말소되어 살리는 과정에서 고향 면사무소 직원의 고의적 횡포로 인해, 애를 먹은 경험이 있었다. 이때 나는 어느 곳에서 직장 생활을 하던 민원인들이 불편하지 않도록 친절하게 대해주겠다는 각오를 한 적이 있었다.

나는 2대 독자라서 군대에 가는 대신 방위병으로 근무하게 됐다. 고향 면사무소에 배치되어 병사 업무를 보조하는 역할이 주어졌다. 그 시절엔 민원인들이 대부분 배우지 못해서 간단한 서류조차 작성하지 못하여 면사무소 앞 대서소에 가서 비용을 지불하고 오는 것이 관례였다. 방위병이 별로 하는 일이 없어 면사무소에 찾아온 주민들이 헤매지 않도록 대부분 다 도와주었다. 그런데 면사무소 담당자는 이를 탐탁하게 여기지 않았다. 그 이유는 내가 도와주지 않아야 그들은 대서소를 찾게 되고 그렇게 해야만 대서소 주인에게 막걸리라도 한잔 대접받을 수 있는데 그 연결고리가 끊어졌기 때문이었다.

　분당에 살면서 강남으로 출근하던 때, 분당이 개발되던 시기라 교통이 매우 불편했다. 양재역에서 분당으로 가는 버스를 타기 위해, 많은 사람이 몇십 미터 이상 줄을 서서 콩나물시루 같은 버스를 타야만 했다. 자가용도 지금처럼 보편화되지 않았지만, 나는 자동차를 가지고 혼자 출퇴근을 하던 터라 무료로 카풀 봉사를 했다.

　40대에 국내 굴지의 삼성그룹에 스카우트되어 신입사원 교육을 받는 과정 중에 1박 2일 일정으로 나자로 마을에 봉사하는 일이 있었다. 그때 우리나라에도 어려운 사람들이 많아 봉사의 손길이 필요하다는 것을 새삼스럽게 느끼는 계기도 있었지만, 당장 생활 전선에서 바쁘게 살다 보니 봉사하는 것을 한동안 잊고 지냈다.

직장 생활을 마치고 가정에서 출발한 봉사 활동은 집 안 청소와 설거지를 도와주는 것에서부터 시작했다. 쓰레기 분리수거와 밖에 나가 버리는 것도 내 몫이다. 빨래는 세탁이 끝나면 꺼내다가 빨랫줄 앞에 털어놓는 데까지이다. 가지런히 걸어놓는 것은 아내가 마음에 들지 않는다고 못 하게 한다. 좀 더 봉사 영역을 넓혀 보려고 한다.

직장 생활을 마치고 인근 주민 센터의 봉사 요원 모집 공지문을 보고 신청했다. 내가 방위 시절 했던 것처럼, 고향 면사무소에서 근무하면서 민원인들을 안내하고, 불편을 해소해 주던 것과 유사한 것이었다. 나름대로 열심히 했고 민원인의 마음을 헤아려 제법 잘한다는 평가를 받았는데, 몇 개월 후 이사하는 바람에 중지되었다. 얼마 지나 그 지역의 봉사 센터로부터 봉사 기록이 적힌 '자원봉사 마일리지 통장'이 배송되어 왔다. 처음으로 봉사 실적이 기록된 공인문서다. 최근의 1365 제도가 시행되기 전 단계의 행정업무로 여겨진다.

산본으로 이사 왔을 때 거주지 인근에 많은 노인이 출입하는 노인 복지관 건물이 들어섰다. 나의 나이가 이제 60을 넘어서고 있는데 노인 복지관을 간다는 것이 왠지 낯설어 그냥 지나쳐 가기만 하다, 한 번은 들러 상담을 했다. 이곳에 나이 많은 분들이 모이는 곳이니 봉사가 필요하다면 해보고 싶다고 제안했다. 복지관에서는 대환영이었고 다음 날부터 출근하다시피 하면서 봉사 요원으로 근무했다. 처음에는 찾아오는 사람을 안내하는 단순 안내 봉사에서 시작하다, 컴퓨터를 나름 능숙하게 다룰 수 있어 자료 입력과 분석 자료를 제공해 주었다. 이를 계기로 이제는 복지관에 아침 8시면 어김없이 출근하는 생활 터전이 되었다.

아내와 안내 봉사/이학영 국회위원과 함께

이곳에선 봉사만 하는 것이 아니고 3가지 균형을 맞춰 생활한다. 첫째는 취미 생활을 즐기고, 둘째는 교육 과정에 참가하여 배우고, 셋째 봉사 활동을 한다. 복지관에서 봉사활동은 1층 카페에 마련된 뮤직 박스에서 DJ 실장을 맡아 DJ 봉사 활동을 하고 있다. 에버그린 봉사단에 소속되어 찾아오는 민원인들 안내 봉사도 하고 액티브 에이징 이야기 카페 활동 봉사를 한다.

한국 환경 감시협회 사무국장을 맡아 NGO 활동에 따른 부수적인 봉사가 많이 연계되고 있다. 수리산 지킴이를 자처하며 쓰레기 봉투 주어 오기 캠페인 및 유해 환경 식물 제거 봉사도 꾸준히 해오고 있다.

봉사 활동도 연애를 하는 것처럼 해 본다.

******

봉사는 내가 지구상에 사는 특권에 대해
지불해야 하는 일종의 세금이다.
-엘든 테너

21세기에는 자원봉사 활동이

가장 중요한 인류 활동 가운데 하나가 될 것이다.

−피터 드러커

사회 공헌을 하지 않는 기업은 망하게 될 것이다.

−이건희 회장

/2019. 10.

2 승용차
함께 타기

    내가 분당 신도시에 당첨되어 '92년 9월경에 입주하게 되었다. 그해 7월경 분당선 전철이 개통되어 서울 출근에 지장이 없게 하겠다던 당초 정부의 약속은 몇 번이나 연기되어서 언제 개통될지 기약이 없다.

    나는 다행히 승용차를 가지고 다니기에 교통 문제에 대해서는 별다른 불편을 느끼지 못했다. 간혹 친구들과 어울려 술을 한잔한 다음 날이면, 대중교통으로 출근할 때 한참을 기다려서야 오는 버스는 콩나물시루처럼 사람으로 가득 찼고, 정류장에 서지도 않고 그냥 지나치기 일쑤였다.

    그래서 나는 승용차를 혼자 타고 다니지 않고 서울까지 출근 방향이 같은 사람을 태워서 다녔다. 아파트 입구에서 약 5~10분만 기다리면 3~4명을 거뜬히 태울 수 있었다. 퇴근할 때도 양재역에서 분당행 버스를 타려고 100여 m씩 항상 줄을 서 있었다. 그분들 중 노약자나, 짐이 많은 사람, 또는 어린아이를 데리고 있는 사람을 우선으로 태웠다. 나는 분당의 중간 지점에 살고 있기 때문에 우리 집을 지나서 가는 분도, 그분이 사는 지역의 입구까지 모셔다드리고 왔다. 나로서는 10여 분만 더 봉사하면 되는 거리였다.

아침 출근은 출근 시간이 동일하기 때문에, 다시 만나는 분이 많았으나, 퇴근 시간에는 대부분 초면인 분들이었다. 아침 시간도 서로가 꼭 모셔야 하는 부담을 덜기 위해 고정 손님을 정하지 않았다. 몇 개월간은 무료로 봉사했는데, 아는 분이 앞으로는 적어도 좌석버스 요금 정도의 돈을 받으라고 말해서 그렇게 했다. 그것이 서로가 부담되지 않아 좋았다.

그동안 내가 모신 손님 중에 내가 영업을 목적으로 하는 자가용 (일명 나라시차)으로 알고 내릴 때 5천 원, 1만 원을 내고 내리는 분도 있어, 뒤쫓아 가 돌려주고 와야 하는 번거로움도 있었다. 그래서 그 후부터는 버스비가 550원이기에 1인당 500원씩 받기로 했다. 물론 잔돈이 없는 분은 무료였다. '93년 6월까지는 무료 봉사를 하고 하반기부터 500원씩 받았다. 연말까지 30만 원이 모인걸 보면, 적어도 하반기에 600명을 태웠다는 계산이다. 10만 원씩 모이면 고향 마을의 노인정 운영비로 보내 주고 있다.

친구 중 보험업에 종사하는 친구가 있는데, 나의 이 이야기를 듣고는 당장 중지하라고 했다. 좋은 일 하다가 사고라도 나면, 내가 전부 보상해 주어야 한다고 했다. 정식으로 카풀 제도에 등록하여 운행하면 일부 보상이 나오지만, 내 경우는 보상에 해당이 되지 않는다고 걱정했다. 그 친구에게 나 혼자 다니지 않고 손님을 태우고 다니면 더 조심하게 되어 사고율이 낮아지니 걱정 말라 하고 이일을 계속해 오고 있다.

봉사하는 일도 그렇게 간단한 것만은 아니다. 양재역에서 차를 인근 공용 주차장에 세워 놓고 손님을 모시러 나가, 연세가 높은 분부터 교섭에 들어가는데, 선뜻 따라나서 주는 분이 드물다. 자초지종을 이야기해도 어떤 할아버지는 '버스를 타고 가겠다는데 왜 귀찮게 하느냐'고 역정을 내신다. 내가 심하게 야단을 맞는 것을 보고, 젊은 사람이 노인에게 크게 실수라도 한 것처럼 보이는지, 지나가는 사람들이 힐긋힐긋 쳐다보고 간다. 내 차를 타겠다고 따라오다가도 다시 뒤돌아 가는 분도 있다.

일단 내 차에 타게 되면 서로가 덕담을 나누며 출발한다. 도착지에 다 와서 내릴 때 손님의 유형을 보면, 다른 손님이 있어 갈 길은 먼데, 아파트 단지 입구에 내려 드려도 택시비(500원)를 냈으니 아파트 현관 입구까지 데려다 달라고 하는 분도 있지만, 지방에 갔다 손자에게 주려고 사 오는 호두과자를 먹어 보라고 내미는 훈훈한 할아버지도 계셨다.

출근할 때는 아가씨든 누구든 가리지 않고 태우나, 퇴근할 때는 아가씨는 물론 여성이면 내 쪽에서 사양한다. 주위에 있는 사람들로부터 인신매매범의 오해를 사지 않기 위해서다.

퇴근할 때, 종종 전에 탔던 사람이, 또다시 타게 되는 경우가 있는데, 그럴 때는 서로가 무척 반갑다. 우리나라의 유명한 재상이었던 N 총리의 초등학교 시절 은사분도 두 번이나 태워 드렸다. 어떤 분은 그분의 아내가 내 차를 탄 적이 있다는 때도 있고, 그 반대의 경우도 있다. 어떤 중후한 할아버지는 요즘 같은 때 오랜만에 나 같은 사람을 만나 살맛이 난다면서 주유소에 가서 기름이나 가득 채워 주겠다는 분도 있었다. 그러한 손님 중에 우연히 고등학교 은사님도 만나 뵈었고, 10부제 때문에 대중교통을 이용하는 유명 인사도 만나게 되었다.

한 번은 손님을 태우긴 태웠는데, 자기 아파트를 모르는 분이었다. 전날 이사 와서 그날 처음 출근했다가 퇴근하는 길이라고 했다. 아침에 출근하면서 자기 아파트 옆에 초등학교가 있는 것을 확인하고서 나왔다는 것이었다. 이 글을 읽는 사람 중 그 사람이 일부 모자라는 분이 아니냐고 생각할 수도 있으나, 전혀 그렇지 않다. 분당의 초등학교는 단지마다 있는데. 그 거대한 규모를 미처 염두에 두지 않은 것이었다. 중소 규모의 D 아파트라고만 알고 있었다. 분당 지역의 성남 쪽인지 중간 지점인지 수원 쪽인지도 분간이 가지 않는다는 것이었다. 어쩔 수 없이 다른 분을 다 내려 드리고 나서, 아침 기억을 더듬어 보라고 했으나, 아파트 숲을 보면 볼수록 더욱 혼돈이 온다는 것이었다. 나도 날마다 분당 지역을 골목골목 다니기에 웬만하면 다 알고 있었으나 별다른 방법이 없었다. 수원 쪽 하단부터 더듬어 올라가다 보니 중간 지점을 지나 성남 쪽의 아름 마을이어서 찾아 드린 적도 있다.

그런데 올해 들어와 퇴근하는 분들은 태워다 드릴 수 없게 되었다. 양재역의 공용 주차장을 폐쇄하고 건물을 짓고 있다. 전보다는 분당으로 가는 버스 사정도 좋아져서, 줄을 길게 늘어서 있지 않다. 양재역은 교통량이 상당히 많아 복잡하여, 차를 길옆에 세워 놓고 손님을 찾아 나설 수가 없다. 그렇게 했다가는 바로 교통경찰에게 주·정차 위반으로 딱지를 떼게 된다.

나는 정책 당국에서, 분당이든, 일산이든, 서울에서 수도권을 오고 가게 된 곳에서는 혼자 타고 가는 승용차가 목적지까지 같은 방향 손님을, 제도적이고, 합법적으로 태워 다닐 수 있도록, 정류장을 만들어 주고, 운전자의 신분도 보장해 주면, 손님도 안심하고 이용할 수 있을 것이고, 교통난 해소는 물론, 삭막한 도시 생활에서 더불어 살 수 있는 방안으로 정착될 것이라 믿어 보며, 승용차 함께 타기 운동이 더욱 확산되기를 기대해 본다. /1995년

3   DJ 봉사 활동
(추억의 DJ 음악실에서)

2019년 하반기 군포시 늘 푸른 노인 복지관의 1층에서 운영하는 카페에 뮤직 박스를 설치하고 봉사 활동으로 DJ 활동을 하는 사람을 모집하고 있었다. 약 6개월 과정의 양성 과정을 거쳐 DJ 요원을 배출했는데, 처음에는 약 20여 명이 지원했으나 결국 6명이 남게 되었고, 내가 그 음악실 운영의 책임자인 실장을 맡게 되었다.

그날 오픈식에서 실장인 나의 인사말은 아래와 같다.

DJ 실장 인사말

안녕하십니까? '추억의 DJ 음악실' 실장 유중희입니다.

이 DJ 음악실은 전국 복지관 내 최초의 노인을 위한 음악의 휴식 공간으로 알고 있습니다. 이러한 좋은 시설을 마련해 주신 허용구 관장님과 DJ 양성에 힘써주신 이경섭 강사님 그리고 강내리 팀장과 관계자분들께 감사드립니다.

현재 살아있는 노인들은 60년대 이후 우리가 일한 약 40여 년 만에 국민소득 100불 시대에서 3만 불로 경제 대국을 일구어 놓은 영웅들입니다. 우리는 수천 년부터 춤 잘 추고 노래 잘 부르기로 알려진 '속희가무 동이족'의 후예들입니다. 대한민국에서 음악적 무능은 일종의 사회적 장애로 간주될 정도입니다. 노래를 못하면 동정이라도 받지만, 노래방 분위기를 깨면 용서받지 못할 범죄자로 지탄받습니다.

소리 중에서 가장 아름다운 소리는 '노래'입니다. 노래는 기쁠 때는 흥을 북돋아 주고, 슬플 때는 마음의 위로를 줍니다.

사람이 살아가는 가장 중요한 가치는 '행복'입니다. 행복은 '일'보다는 '놀이'에서 더 많이 찾아옵니다. 특히 노년 시기에는 더욱 그렇습니다. 그래서 행복한 삶을 위한다면 일이 아니라 '놀이'를 앞자리에 두어야 합니다. 행복하기 위해서는 즐거워야 합니다.

가장 뿌듯한 시간은 '성공한 시간'이고, 가장 아름다운 시간은 '사랑하는 시간'이고, 가장 즐거운 시간은 '노래를 즐기는 시간'이라고 합니다.

우리가 현장에서 열심히 일하던 시절 DJ 음악다방은 추억의 휴식처였습니다. 그러한 것이 이제는 '카페'라는 이름으로 대체되었습니다. 그러나 우리는 그때의 추억이 그립습니다. 추억을 되살리기 위해 '늘 푸른 노인 복지관'에 '추억의 DJ 음악실'을 열게 되었습니다.

여기에 참여하는 우리 DJ 멤버들은 전문가도 아니고 경험이 있는 것도 아닙니다. 그러나 열정이 많으신 분들입니다. 처음에는 20여 명이 도전하였으나 현재 6명이 남아서 재능기부 활동으로 봉사할 것입니다. 약 2달 정도의 수업과 준비 끝에 오픈하게 되었기에 많은 부족함과 시행착오가 있을 것입니다. 다소 서툴고 실수를 하더라도 너그럽게 이해하여 주시기 바랍니다.

그러나 몇 개월 후에는 대한민국의 복지관에서 선도적인 DJ 음악실로 벤치마킹하러 오는 사람들이 줄을 서게끔 해 보겠습니다.

감사합니다.

2019. 2. 14.

추억 DJ 실장 유 중 희

추억의 DJ 음악실 운영에 대해 지역 언론에서 관심을 갖고 보도해 주었으며, 이 언론 보도로 인해 어린이 대공원에서 개최하는 전국 실버 문화 페스티벌에 초청을 받아 2019년 9월 21일부터 이틀 동안 대공원 현장에서 DJ 활동을 하는 계기가 되었다.

마침 옆 부스에 고등학교 교복을 대여해 주는 곳이 있어 교복으로 갈아입고 신청곡을 받아 고객들에게 추억의 향수를 불러일으켜 이목을 집중시켰다.

군포시늘푸른노인복지관,
추억DJ음악실, 군포실버문화 첨병

군포시늘푸른노인복지관(관장 최수재) 추억DJ음악실(실장 유중희)은 9월 21과 22일 이틀 동안 서울어린이대공원에서 문화관광체육부가 지원하고 한국문화원연합회가 주관하는 전국 '2019실버문화페스티벌' 행사에 초청 받아 군포시의 실버문화오벌시례 홍보 역할을 수행했다.

군포시늘푸른노인복지관 추억DJ음악실은 2019년 2월 출범하여 복지관1층 카페에서 어르신들의 젊은 시절 DJ음악실 추억을 담아 즐기도록 DJ봉사활동을 전개하는 봉사모임이다.

복지관 추억DJ음악실은 복지관 노인대학 중에서 봉사희망자를 모집하여 6개월간의 자체교육 과정을 거쳐 봉사활동 하는 모임으로 60대 중반에서 70대 중반의 회원 6명이 활동하고 있다.

이번 전국 실버문화축제 참가를 시작으로 하여, 군포시늘푸른노인복지관 DJ음악실은 9월 27일 산본로데오거리에서 열리는 제20회 사회복지행사에도 참가하여 봉사활동 영역을 넓혀나갈 계획이다.

유중희 실장은 "어르신들의 추억을 회상시켜 건강한 노후가 되도록 일조하고 있는 봉사단원들에게 감사드리며 전문성을 함양하여 많은 어르신들이 애용할 수 있도록 하겠다."고 말했다.

송양순 기자 ggherald@naver.com

군포 늘푸른노인복지관 실버 DJ들

군포 늘푸른노인복지관 1층 카페 '추억 DJ 뮤직박스'에서 번개미팅으로 만난 (왼쪽부터)김석일, 김도연, 유충희, 오영호, 안금화 DJ들

따뜻한 사연과 7080 추억·낭만 선물

25일 오전 10시께 군포시 늘푸른노인복지관에 다다르자 부드러운 남성의 목소리가 1층 입구와 로비, 카페, 식당 등에 잔잔하게 흘렀다.

"자세히 보아야 예쁘다. 오래 보아야 사랑스럽다. 너도 그렇다"는 목소리가 뭔지 뒤 잔화의 잔잔한 노래가 들려와도 노래의 진원지는 늘푸른노인복지관 내 1층 카페 '추억 DJ 음악실'의 뮤직박스 앤트의 주인공은 뒤 종회씨(65세) 외교 유실 실장이다.

늘푸른복지관은 지난 2월 중순부터 뮤직박스를 운영, 1과 2층에 회원에게 추억과 낭만을 선사하고 있다.

1970~80년대 크게 유행했던 음악다방을 연상케 하는 뮤직박스는 어르신 디스크자키(DJ)와 이 직접 임선한 음악과 신청곡, 사연 등을 전하고 있다.

어르신 DJ는 복지관 속의 지원자를 모집해 전문DJ를 통한 라디오 높은 훈련으로 소질 테스트를 거쳐 최종 7명이 활동 중이며, 권민자(82세)DJ가 가장 연장자이며 안금화

> 나이는 숫자에 불과… DJ 도전한 어르신 7명
> 직접 쓴 대본 읽으며 뮤직박스서 라디오 방송
> "복지관 1만2천여 회원들의 편안한 쉼터 되길"

김석일, 김도연, 오영호, 이순옥, 그리고 유 실장까지 이어 부터 80대까지 적지 않은 연령임에도 목소리와 몰입은 어느새 나이가 남는다. 대기실 갈부, 대학교 학장 의사, 열어강사, 한구작무 감사 등 전직도 다양하다.

권혜임 DJ는 "하고 싶은 것을 할 수 없어 심심할까" 싶어 직접 작성한 시나리오 대본도 보여준다. 이들은 낭낭 시나리오와 과정, 뮤직프(방송송신) 신들이 직접 작성케 한다.

매주 월·수·금요일 오전 9시30분부터, 또 오후부터 각각 3시간의 뮤직박스를 운영한다. 인기가 좋으 기를 신별로 베릴 뮤직박스를 운영할 계획이다.

이처럼 DJ 음악실에는 화진 500여 장의 LP판이 소장돼 있다. 상당수는 어르신 이해하는 복지관 회원의 기증으로 채워졌다. 유 실장과 어르신 DJ들은 "매우 고마운 분들의 감사단이며 "복지관 1만2천여 회원의 유익함을 돕고 편한 수 있는 공간이 됐으면 한다."고 밝혔다. 군포=윤덕흥

약 일주일 후 9월 27일 산본 로데오거리에서 개최하는 복지 마을 페스티벌에서 현장에 DJ 실을 설치 운영하여 대외로 활동 영역을 넓히는 계기를 마련했다. 시작하자마자 신청곡을 적어내는 고객이 많아 가요는 1절씩만 들려줄 정도로 인기가 좋았다.

우리 DJ 음악실은 신선한 아이디어가 받아들여져 독특하게 출범하였으나, 공 기관에서 적은 예산으로 준비하다 보니 아쉬운 부분이 많이 발견되었다. 담당자에게 건의해 보았지만, 주변 여건에 막혀 개선되지 않았다.

마침 군포시에서 주민 참여 예산 사업 제안을 받고 있어 이러한 사항을 주민 센터를 통해 제출하였다. 스피커의 음질을 향상시키고, 빔프로젝터를 설치하여 영상도 함께 즐기자는 것 등이 주요 내용이었고, 약 700만 원 정도 투입되는 것이었다. 언젠가 군포시의 담당 공무원이라면서 연락 왔는데 음악실을 개소하자마자 예산을 다시 투입한다는 것은 여건상 어렵다는 것이다. 그런데 얼마 지나지 않아 좋은 소식이 들려왔다. 민관 합동으로 구성된 주민참여 예산 심의위원회에서 다시 검토되었는데, 많은 예산이 드는 것도 아니고, 직접 DJ 실에서 일하는 책임자가 몸소 체험하여 시민 자격으로 사업의 취지에 맞는 예산 사업을 제안한 것이었다. 특히 군포는 노인 정책이 잘되고 있다고 알려진 지역으로 노인을 위한 사업인데 '사람 중심, 시민 우선'이라는 캐치프레이즈를 내건 군포시에서 이러한 것은 적극적으로 반영되어야 한다는 의견이 받아들여졌다. 제안 내용도 논리적이고 합리적이겠지만, 평소 잘 다져놓은 인맥도 중요한 역할을 한 것으로 여겨진다.

이것이 반영되어 개선되면 한층 더 좋은 음향시설로 고객들에게 서비스를 제공해 줄 수 있게 되었다. /2019. 10.

4 캄보디아 파견
봉사 활동

2019년 여름 군포시 자원봉사 센터에서 주관한 캄보디아 해외 봉사 활동을 아내와 함께 다녀왔다. 8월 20일부터 27일까지 1주일 여정이었다. 활동 비용의 반액을 지원받고 반은 자부담이었다. 다른 봉사 단체 소속 20여 명이 함께 했다. 나는 전국 환경 감시협회 군포지부 사무국장 자격으로 참여했고, 아내가 동반했다. 봉사 활동은 짧은 기간이었지만 밥 퍼, 건축, 위생 청결 봉사 활동에다 물품 지원, 센터 프로그램 등이었다.

아시아의 동남쪽 인도차이나반도에 자리한 나라 캄보디아. 한때는 킬링필드라는 슬픈 역사로 세상에 알려졌지만, 지금은 캄보디아 하면 밀림 속의 신비한 사원 앙코르 와트가 먼저 떠오른다. 앙코르 와트는 현재 세계 7대 불가사의의 하나로 유네스코의 세계 문화유산으로 인정될 만큼 중요하고 잘 알려져 있는 유적이다. 400년 동안이나 밀림 속에 묻혀 있다가 1860년에야 바깥세상에 알려진 앙코르

와트는 그 웅장함과 신비로움으로 보는 사람들을 놀라게 한다.

우리나라와는 1962년 수교를 맺었으나 이런저런 이유로 수교와 단교가 거듭되었고, 한때는 북한과 친분이 두터웠으나 최근에는 소원한 관계라고 한다.

주민들의 생활이 너무 가난하고 주변 여건이 너무 초라하여 많은 도움이 필요한 곳이었다. 드넓은 평야에 사람들이 별로 보이지 않아 충분히 부유하게 살 수 있을 것 같은데 지도자를 잘못 만나고, 내전을 겪다 보니 그 궁핍한 생활을 벗어나지 못하고 있었다.

캄보디아에서 위문품 전달

우리가 하는 일은 위문품 전달과 낡은 교실에 페인트칠 해주고, 밥을 지어 나눠주는 활동이었다. 우리도 60년대 겪었던 것이 기억이 나는데 내복에는 이가 많았고 여자들의 머리에는 이와 서캐(이의 알)가 득실거렸다. 그 아이들도 머리를 감지 않아 서캐와 이가 많아 머리 감기는 일도 해줘야 했다.

밥을 나누어 주고 나면, 남은 밥을 더 받기 위해 많은 아이들이 줄을 섰다. 집에서 밥을 굶고 있는 가족에게 가져다주기 위한 것이라고 한다. 모든 봉사 요원들이 꾀를 부리지 않고 열심히 활동했다. 나도 사진 촬영을 담당해 촬영에 임하면서 틈틈이 봉사 활동에도

머리 감겨주기

참여하였다.

사람은 살아가면서 이런저런 불만이 있지만, 대한민국에 태어난 것만도 행운이라는 생각이 든다. 지구상에는 캄보디아만 아니라 도움의 손길을 기다리는 곳이 너무나 많기 때문이다.

봉사를 마치고 하루 시간을 내 앙코르와트 세계문화유산을 탐방했다. 세계 7대 불가사의라는 것을 보고 감탄하지 않을 수 없었고, 그 문화유산을 발굴할 여력이 없어 방치되고 있는 곳이 아직도 부지기수라 한다. 짧은 기간의 봉사 활동이었지만 보람되고 유익한 경험을 하고 돌아왔다. /2019. 09.

5   환경 감시
NGO 봉사 활동

　신용 금고 군포 지부에는 주로 노인들로 구성된 산악회를 운영하여 수도권 일원 산이나 계곡을 다녀온다. 우리 부부도 그곳 회원이 되어 참여하고 있는데, 그 행사 도중 어느 나이 지긋한 남녀분이 다가와 환경 감시 봉사활동에 참여해 달라고 제안을 하였다. 나에게 제안한 분은 전국 환경 감시협회 군포지부의 지부장과 운영위원장이었다. 그곳은 NGO 단체로써 구성된 지 10년이 되는 순수 봉사 단체였는데, 구성원들의 봉사 정신이 잘 갖추어진 조직이었다.

　그 조직의 애로사항은 대부분 노인 세대들이라서 행정적인 업무 처리를 하는 사람이 없었다. 나는 가입하자마자 사무국장으로 임명받아 활동하기 시작했다. 모든 행정업무를 맡았다. 물론 무보수 봉사활동이다. 회원은 30명 선을 유지했다. 매월 모여 군포동 구시가지 주변 청소가 주 활동이었고, 장애인 복지관과 인근 교회에서 실시하는 밥 퍼 봉사를 부정기적으로 참여하면서 봉사활동을 넓혀 나갔다. 수리산이나 저수지 쓰레기 활동도 전개했고, 농촌 지원 봉사, 불우 이주민 가족 도배 봉사, 유해 식물 제거 봉사활동에도 자주 참여했다.

10년째 자체 봉사활동을 전개하고 있으나 모든 경비는 회원들의 회비로 충당했다. 2010년도에 처음으로 시에서 추진하는 마을 공동체 사업의 일환인 주변 정화사업이 채택되어 150만 원 정도의 지원금을 받았다. 청소 도구, 면장갑, 현수막 제작 등에 드는 비용으로 많은 금액은 아니지만 제법 유용하게 사용할 수 있었다. 2021년에는 군포 1동 구시가지, 주말 쓰레기 버리지 않기 운동으로 350만 원 정도의 예산을 받았다. 정부 자금을 지원받으면 그 관리가 보통 까다롭지가 않다. 경리와 행정을 모르면 그 기준에 맞추기가 쉽지 않으나 나는 행정 경험이 있고 컴퓨터를 능숙하게 다루기 때문에 무난하게 통과되었다. 이러한 것들이 봉사 활동을 넘어 나의 재능 봉사가 겸해진 것이기에 더욱 보람을 갖게 된다.

시청 고위직 공무원, 국회의원과 시의회 의장 및 위원들과의 교류에도 힘써 우리 환경 단체의 역할을 알리면서 지원을 요청하는 데도 게을리하지 않았다. 언론 기관과도 접촉하여 봉사 활동에 대한 홍보에도 만전을 기했다.

　이 단체는 환경부에 정식 등록된 단체나, 사무실이 없어 식당 등에서 모임을 하다가 2021년에 숙원이던 사무실을 마련했다. 월남참전용사회가 소유했던 컨테이너 사무실을 인계받았다. 30여 평정도의 제법 큰 규모이다.

　사무실을 갖추고 정부 돈을 지원받아 활동할 수 있는 NGO 단체로 변모시킨 역할에 대해 자부심을 갖고 오늘도 봉사활동에 여념이 없다. /2020. 12.

6 수리산 지킴이
봉사 활동

경기도에는 3개의 도립공원이 있다. 북부지역에 도립공원 연인산이 있고, 중부지역에 남한산성이 있으며, 서남부 지역에 수리산이 있다. 수리산은 안양, 군포, 안산시에 걸쳐 있는 산이다.

나는 직장 생활을 마치고, 약 3년은 무작정 산을 찾아다니며 힐링을 했다. 2년은 한라산과 제주 지역에 분포되어 있는 오름을 전부 찾아가 보았고, 제주 올레 서명숙 이사장이 개척해 놓은 올레길 전 코스(약 425km)를 전부 완주해 보기도 했다. 수도권으로 이사 온 후에 약 1년간은 북한산과 도봉산에 들어가 모든 샛길까지 들러보았다. 물론 북한산 둘레 길도 포함된다. 그리고 나름대로 명성이 있는 괴산의 산막이 길, 온양의 천년 숲길 등 명소도 두루두루 다녀 보았다. 등산도 포함되지만, 특히 산책길에 관심을 두고 살펴보았다.

그러면서 내 눈에 들어온 것은 어느 곳이든 지방 자치 단체에서는 등산객이나 산책을 하는 사람들을 위하여 심혈을 기울여 디자인이 잘 된 안내판과 안전시설이 갖추어져 있었다. 나라가 부자가 되다 보니 이러한 곳까지 세심하게 배려하는 바람직한 현상으로 보였다.

산본으로 이사 오고 나서 처음 살펴본 곳은 수리산이다. 거의 날마다 올라가 보았다. 명색이 도립공원인데 디자인이라든가 편의 시설이라든가 보호시설이 엉망이었다. 도지사의 명의로 된 안내판이 문맥이 맞지 않는가 하면 벗겨지고 훼손된 상태로 방치되고 있었다.

도립 공원을 관장하는 곳은 도청이라고 했다. 인맥을 동원하여 소개를 받아 담당 국장을 직접 찾아갔다. 도립 공원 수리산의 관리가 너무 허술한데, 내가 보고 익힌 아이디어를 모두 제공할 테니 수리산을 도립 공원에 손색이 없게 바꿔보자고 했다. 나는 억대 연봉자 출신인데 국가 최저 임금으로 채용해서 그 일을 맡겨도 좋고 예산이 없다면 무료 봉사를 하겠다고 제안했다.

당장은 예산도 없고 수리산에 대한 종합 개발은 다음 해에 하기로 되어 있다고 했다. 그때 다시 논의하자고 했는데, 국장도 바뀌고 담당자도 바뀌어, 수리사 입구 납덕골에 수리산 탐방 안내소가 들어서고, 공원이 조성되었는데도 아무런 연락이 오지 않았다. 그리고 1~2년이 지나 수리산에 헬기가 다니면서 자재를 실어 나르고 데크 공사 등 나름대로 안전시설이 들어서고 있다.

어쩔 수 없이 두 가지 방면으로 수리산을 지키기 위한 활동을 전개해 보고 있다. 하나는 '수리산 알림이'라는 카페를 개설하여 수리산에 대한 정보를 제공하고 쓰레기 없애기 운동을 전개하고 있다. 두 번째는 내가 다니면서 문제점이 제기된 부분에 대한 건의와 대안을 제시해 보고 있다.

첫째 수리산을 알리는 수알모 카페는 경기도 도립공원 수리산을 사랑하며 수리산을 알리는 모임이다. 아래와 같이 명함을 제작하여 수리산 등산객이 많은 곳에 비치해 놓고 있다.

수리산 탐방기, 수리산 관련 풍광 사진, 수리산에서 만난 꽃과 버섯 사진, 수리산에서 만난 돌과 나무 사진, 언론 보도 및 홍보자

료, 수리산 발전을 위한 제안과 건의 역시, 수리산 관련 Q&A로 카테고리를 분류하여 정보를 교환하며 많은 분이 참여하여 아름다운 수리산을 꾸며가자고 제안한다.

특히 수리산을 가꾸기 위하여 수리산을 찾는 분들은 쓰레기 한 봉지 주워오기와 생태 교란 식물 제거하기 캠페인에 적극 참여를 제안한다. 실제 나는 쓰레기 주워오기와 생태 교란 식물 제거에 열심히 실천하고 있다.

수알모 카페에 가입하시어 주변에서 많이 홍보하고 네트워크를 형성하여 정보를 공유하고 생성하는 데 많이 동참하여 줄 것을 기대한다. 회원들이 하나씩 늘어나면서 동참해 주고 있다.

둘째 문제점에 대한 건의와 대안을 제시해 보고 있다. 지금까지 건의하고 제안한 것은 이러한 것들이다. 2020년에 건의한 내용이다.

1. 수리산 일부 구간 개방(7.27)
2. 바위 이름 붙이기(7.27)
3. 슬기봉 옆 봉우리 명칭은? (7.27)
4. 수리산 해충 제거 방안(7.27)
5. 詩 패널 교체(8.21)

쓰레기 주워오기

생태 교란식물 서양등골 나물 제거

6. 슬기봉 인근 431봉 안내판 교체(7.31)

7. 등산로 입구에 쓰레기 수거함 설치(8.05)

8. 등산로 안내 리본 설치(8.05)

9. 봉우리 빠른 길 안내(8.07)

10. 수리산 둘레길 조성(8.07)

11. 숲 해설가가 지도하는 어린이 자연학습 놀이 실시(8.09)

12. 군포 8경에 대한 건의(8.19)

13. 반월 호수 주변(퇴미산)에 산책길 조성 및 전망대 설치

14. 수리산 탐방 안내소 연락 안내문 등산로에 설치

15. 당 숲에 나무 이름 팻말 설치(8.19)

16. 샛길에도 이정표 설치(8.19)

17. 수리산 무명 바위에 작명해 주기(8.21)

18. 장마 전 등산로 물길 돌려놓기(8.21)

19. 신성 중, 고등학교 인근 시민 편의시설 활용 불가(8.22)

20. 데크 계단 수 표시 안내(8.23)

21. 수리산 홍보 및 향상을 위한 아이디어(8.23)

22. 군포 수릿길 관리 및 개선(8.27)

23. 터널과 등산로 교착 지점 등산로에 터널 안내 표지판 설치(9.04)

24. 너구리산 백구 한 마리 포획 분양(9.05)

25. 나방 제거용 접착테이프 제거(9.06)

이러한 건의에 대한 회신은 물론 만족스럽지 못하다. 그래도 일부는 반영되고 있는 것들이 있다. 나방 제거용 접착테이프를 설치

해 주고, 목적 달성 후 바로 제거해 달라는 건의는 바로 받아들여졌다. 장마 시 길의 파손이 심한 곳에 대한 콘크리트 포장, 물길 개선, 계단에 계단 수표기 등이 받아들여졌다. 다른 건의와 제안도 적용이 곤란한 것은 그 이유가 합당하게 있는지 밝혀 주고 그렇지 않은 것은 되도록 빨리 조치해 주기를 기대한다.

나도 이러한 건의와 제안을 하는 것은 담당 공무원을 괴롭히기 위한 것이 아니라 수리산을 사랑하기에 봉사하는 자세로 참여해 보는 것이다. /2020. 12.

7 　기타 봉사 활동

　지속적으로 해오고 있는 봉사활동은 앞에서 정리해 소개했다. 노인 복지관 카페에서 하는 DJ 재능기부 봉사, 환경 감시 협회의 NGO 활동 봉사, 수리산 지킴이 봉사 등이 그것이다. 캄보디아 파견 봉사도 특이한 사례라서 소개했었다.

　대외적으론 NGO 활동의 일환으로 군포 지역 환경 감시 협회 사무국장을 맡아 환경 감시 및 주변 정화 봉사를 하고, 경기도와 군포시로부터 각종 위원회에 참여하여 활동하고 있다. 엄밀히 말하면 월 20만 원의 급여가 제공되어 자원봉사 활동엔 분류되지 않겠지만 통장 활동도 일부분 봉사직으로 볼 수 있다.

　기타 비정기적인 봉사 활동은 이러한 것들이 있다. 노인 복지관에서 방문객을 위해 교대로 1층 로비에서 아내와 함께 안내 봉사를 하고 있다. 옥상에 10평 내외의 공원이 있는데 겨울을 제외하

노인복지관 봉사활동

어린이 독서 지도

어린이 나비 체험관 안전시설 봉사

퇴직 후 즐기는 삶

환경 관련 봉사활동

농촌 일손 돕기

불우 다문화가정 벽지 도배

밥 퍼 봉사

구세군 지원 봉사

철쭉 축제 교통 봉사

소독 봉사

곤 탁구를 치고, 쉬는 시간에 매일 잡초 제거는 내가 맡아서 깨끗하게 제거하고 있다. 2개월에 한 번씩 웰다잉 이야기 카페도 봉사활동으로 맡아서 진행하고 있다.

군포 구시가지의 쓰레기 제거 활동도 수시로 하고 있으며, 환경 파괴 유해 식물인 단풍잎 돼지풀과 서양 등골나물의 제거 활동 봉사도 꾸준히 하고 있다.

서해안에 가서 바다 살리기 일환으로 해변에 떠다니는 쓰레기 수거 활동에도 참여했다. 군포 장애인 복지관과 소형교회에서 주말 실시하는 무료 밥 제공 봉사활동도 참여한다. 내 담당은 주로 설거지다. 어린이 독서 지도사 자격증을 활용하여 결손가정 아이들과 산본 초등학교 4學년 학생들을 대상으로 독서 지도 봉사도 있었다. 퇴촌에 있는 어린이 나비 체험관에 가서 어린이 안전시설 봉사도 1년에 4~5차례 실시한다. 대야미 포도 농장에 가서 포도 봉지 씌우기 농촌 일손 돕기에도 참여했다. 불우 다문화 가정에서 벽지 바르기 봉사도 있었고 철쭉축제장에 나가 교통안전 봉사 활동도 매년 참여하고, 연말에 구세군 모금 활동에도 참여한다. 코로나 사태에 접어들어 주변 소독할 곳이 많아져 공중화장실 등 새로운 소독 봉사에도 자주 찾아가게 된다.

이렇게 되다 보니 1년간 누적된 봉사 시간이 연 500시간을 넘어서 군포시와 경기도로부터 '우수 자원봉사자 증'이 매년 발급되고 있다. 당초 10년 안에 5천 시간 봉사 활동을 계획하고 있었는데 코로나로 인한 모든 활동이 중지되어 이는 다소 연장될 것 같다.

　　앞으로 누적 봉사 시간이 5천 시간을 넘겼으면 좋겠다고 생각해 본다. 5천 시간이 넘으면 봉사 센터 전당에 등재되게 된다. 이는 내가 그만큼 건강하고 즐겁게 살고 있다는 증표가 될 수 있기 때문이다.

　　얼마 전에 우수 봉사자로 선정되어 군포 시장상을 받았다.

군포 시장상 수상

"당신을 돌볼 수 있는 것이 얼마나 큰 특전인지 모른다."라고 테레사 수녀는 말했다. 봉사는 자랑질의 대상이 되어서는 안 된다. 앞에서 언급된 대로 '자원봉사 안에는 세상에서 가장 고상하고, 아름다운 인간이 영혼을 살찌우는 비밀이 있다'는데, 그 비밀에 다가서 보고자 한다. /2021. 02.

제 3 장

액티브 에이징

1 나의 버킷 리스트
2 정년 이후를 어떻게 보낼 것인가?
3 인생은 물과 같다
4 나이
5 젊은이와 늙은 두 사내의 동거
6 FUN 인생
7 은퇴 준비와 실천
8 바람직한 노후 생활(active aging)
9 노인 중심시대 부캐를 찾자
10 액티브 에이징 10계명

나보다 잘난 사람하고 경쟁하지 마라.
그에게는 배우고, 어제의 나를 이기면 된다.

1 나의
버킷 리스트

버킷 리스트의 사전적 의미와 배경은 이렇다.

요약 죽기 전에 해보고 싶은 일을 적은 목록을 가리키는 말이다.

버킷 리스트(bucket list)란 죽기 전에 꼭 해보고 싶은 일과 보고 싶은 것들을 적은 목록을 가리킨다. '죽다'라는
뜻으로 쓰이는 속어인 '킥 더 버킷(kick the bucket)'으로부터 만들어진 말이다. 중세 시대에는 교수형을 집행하
거나 자살을 할 때 올가미를 목에 두른 뒤 뒤집어 놓은 양동이(bucket)에 올라간 다음 양동이를 걷어참으로써
목을 맸는데, 이로부터 '킥 더 버킷(kick the bucket)'이라는 말이 유래하였다고 전해진다.

2007년 미국에서 제작된 롭 라이너 감독, 잭 니콜슨·모건 프리먼 주연의 영화 <버킷 리스트>가 상영된 후부터
'버킷 리스트'라는 말이 널리 사용되기 시작했다. 영화는 죽음을 앞에 둔 영화 속 두 주인공이 한 병실을 쓰게 되
면서 자신들에게 남은 시간 동안 하고 싶은 일에 대한 리스트를 만들고, 병실을 뛰쳐나가 이를 하나씩 실행하는
이야기를 담고 있다. '우리가 인생에서 가장 많이 후회하는 것은 살면서 한 일들이 아니라, 하지 않은 일들'이라
는 영화 속 메시지처럼 버킷 리스트는 후회하지 않는 삶을 살다 가려는 목적으로 작성하는 리스트라 할 수 있다.

나의 버킷 리스트는 무엇인가? 고무풍선 8개에 정리해 보았다. 풍선에 넣어 단계적으로 이루어 내고, 풍선을 날리듯 내 인생에서 마무리 하고 싶어 풍선에 담아 보았다.

첫째, 자서전을 발간해, 고희 기념으로, 오는 손님들에게 나누어 보고자 한다. 이번 만드는 자서전은 복지관에서 수업하는 '자서전 만드는 과정'에 참여해, 맛보기로 만들어 본 것이다. 앞으로 남은 몇 년간 보강하고 정리해서 제대로 된 자서전을 만들고자 한다. 수필에 관해서도 공부하고 싶고, 글을 정리하고자, 글쓰기 교육과정에 참여했다. 강사분이 시인이라서 주로 시를 다루다 보니, 한 편 두 편 써가며 모이고 있다. 시집 내는 것까지 도전해 볼까나!

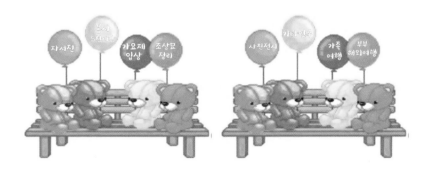

둘째, 사진 전시회를 여는 것이다. 거창하게 전시관을 빌려 하는 것이 아니다. 내가 수시로 담아본 사진을 전시용으로 인화해서 주변 인사들에게 보여주고 싶다. 고희 때 같이 하려고 한다.

셋째, 봉사 5천 시간을 달성하고 싶다. 5천 시간을 달성하면 봉사 센터의 명예의 전당에 등록되기도 하지만, 1년에 약 500시간씩 하므로 약 10년의 기간이 필요하다. 이는 다른 의미에서 보면 앞으로 남은 기간, 동안 봉사활동을 하는 데 지장이 없도록 건강관리를 하고 싶다는 의미가 함께 담겨 있다.

넷째, 기타 연주이다. 현란한 정도의 수준을 생각하진 않는다. 고희 기념 때 약 10여 곡을 준비해서 기타를 연주하면서 2~3곡 불러 보고 싶다.

다섯째, 아내와 1년에 한 번씩 해외여행을 하고자 한다.

여섯째, 나의 직계 가족 9명이 매년 한 번씩은 국내 또는 해외에 여행하고자 한다. 물론 아내와는 분기별 한 번은 1박 이상 국내 여행을 해 볼 것이다.

일곱째, 노래 경연 대회에 나가 입상해 보고자 한다. 전국 대회나 규모가 큰 것이 아니어도 괜찮다. 지역이나 복지관에서 주관하는 것도 된다. 음치였던 내가 경연 대회에서 입상 한번 해 보고자한다. 예선 통과를 한 적은 있으나 입상해 본 적이 없다.

마지막 여덟 번째는 조상 묘를 한곳에 모아 후손들이 관리하기편리하도록 준비해 놓으려고 한다. 이는 올해 안에 마치려고 한다.

나는 지금 죽어도 여한은 없으나, 위의 버킷 리스트 중 여행 등은 반복하는 것이겠지만, 하나씩 마무리를 하고 인생의 마지막을맞이하고 싶다. /2019. 10.

2 정년 이후를
어떻게 보낼 것인가?

여기에서 말하는 정년은, 법적 연령으로 직장을 마친 것을 포함하여, 명예퇴직이나, 타의에 의해 더 이상 직장 생활을 할 수 없다든가, 자영업을 하지 못하는 것을 포함한 것이다.

1) 첫해-연착륙

정년을 맞이하여 실업자 생활을 시작하는 첫해는 연착륙이 중요하다. 이 시기를 잘 보내지 못하면 우울증에 시달리는 경우가 종종 발생한다. 이 시기는 자신의 남은 삶 중 가장 젊고 건강한 시기이고, 시간적으로도 자유로우며 경제적으로도 가장 풍족한 시기이다.

모든 걱정 떨쳐 버리고 여행을 권한다. 해외여행도 좋지만, 국내에 가볼 만한 곳도 얼마든지 있다. 부부 동반이 더 좋을 수 있다. 여행 기간이 짧거나, 길어도, 가볍게 김밥을 준비해서 배낭 메고 주변 등산을 하면 좋다. 유명한 산의 정상을 고집하지 않아도 된다. 가능하면 혼자 가는 것이 좋다. 그렇게 1년을 지내고 나면 실업자로서의 연착륙이 무난히 안정되고 도(道)도 어느 정도 닦여 있어 자신의 인생 후반기를 당황하지 않고 그려나갈 수 있게 된다. 물론 이 기간은 6개월 정도로 당길 수도 있고, 2~3년까지 연장할 수도 있다. 나 같은 경우는 3년 정도 이렇게 지냈다.

벤치마킹해 볼 만한 사례로 추천하고 싶은 것이 있다. 그 사람은 정년의 사례가 아니고 젊은 나이에 퇴사하고 실업자 시기를 잘 보낸 경우다. 무조건 도서관에 가서 3년을 보내면서 1만 권의 책을 읽었다고 한다. 그 후 책을 발간하기 시작하여 여러 권의 베스트셀러를 낸 작가이기도 하면서, 지금은 책 쓰기 전문 강사로 일하고 있다. 직장 생활을 마친 분들에게도 적극적으로 권해보고 싶은 좋은 사례이다. 60세에 정년을 맞이했다고 해도 80세까지라면 20년의 세월이 남아 있다. 사람은 어떤 분야든 10년만 노력하면 전문가가 될 수 있다고 한다. 20년이면 새로운 두 종류의 전문가가 될 수 있는 기간이다. 독서부터 접근하는 방법은 최고의 검증된 방식이다. 이는 글쓰기와 책 쓰기로 단계를 밟아가는 과정이다.

2) 2년 차 이후-배우고 즐기면서 봉사하기

2년 차가 되면 우선 즐길 수 있는 놀이문화를 찾고, 두 번째는 봉사 활동에 나선다. 마지막 세 번째는 하루 2~3시간 일할 수 있는 알바를 해 보는 것이 좋다. 취미 생활의 선택은 정답이 없다. 각자가 다르기 때문이다. 그러나 보편적인 것을 정리해 보면 이렇다.

놀이를 분류해 보면 대표적인 것은 취미 활동이고 취미는 천차만별이겠지만 보편적인 것을 정리해 보면 이렇다. 우선 운동 거리를 적어도 1개 이상 권한다. 탁구나 당구 같은 것이 남녀를 불문하고 무리하지 않고 할 수 있는 운동이다. 취미 생활로는 한국인들이 유난히 좋아하는 노래도 좋다. 클래식을 고집하지 않아도 된다. 뽕짝 즉 트로트에 흠뻑 빠져보는 것도 좋다. 사진기 하나 준비해서(최근엔 핸드폰도 충분하다.) 사진을 찍어보는 것도 좋다. 그림이나 서예도 좋고 악기 하나쯤은 다루어 보는 것도 좋다. 색소폰도 좋겠지만 기타나 하모니카, 오카리넷도 좋다. 그리고 누구에게나 꼭 권하고 싶은 것이 있다면 글쓰기다. 시에 도전하는 것도 좋지만 형식에 구애받지 않는 산문이 무난하다. 자기의 경험담을 정리해 보는 것이 좋고 이것이 모이면 자서전이 된다. 위인전이어야 하는 것은 아니다. 각자가 주인공이 되는 자서전이다. 즐기는 취미 생활의 깊이를 더하기 위해선 배움을 게을리해서는 안 된다. 우리나라처럼 배우기 좋은 나라도 드물다. 복지관, 주민 센터, 평생 교육원, 여성 회관, 문화 센터 등 저렴하게 학습하는 곳이 도처에 깔려 있다. 특히 젊은이들과 소화하기 위해서 다양한 핸드폰의 기능을 배우는 것도 적극 추천한다. 사진이나 그림, 악기 다루기, 글쓰기 학습 등이 취미생활을 업그레이드하는데 아주 유용한 배울 거리이다. 즐기면서 배우든, 배우면서 즐기든 상관이 없다.

두 번째는 봉사 활동이다. 봉사 활동이야말로 자신의 존재감을 만족하게 해 주는 가치 있는 활동이다. 어느 분야에서 어떻게 해야 할지 망설여진다면 복지관이나 봉사 센터에 찾아가 보면 봉사 활동 범위와 분야는 무궁무진하다. 건강이 허락할 때 봉사 활동을 해 본다는 것은 자신이 세상에 태어나 가치 있는 일을 남기는 대표적 활동이다.

세 번째는 젊어서 아무리 온몸을 다 바쳐 일을 많이 했더라도 일을 할 수 있으면 계속하는 것이 좋다. 건강에도 좋고 자본주의 사회에서 용돈을 자신이 직접 벌어서 쓴다는 것은 가정에도 화목하다. 일주일에 5일, 하루에 8시간짜리 일거리보다는 하루 2~3시간씩 일하는 곳이 무난하다. 학생들 돌보미도 좋고 정부에서 노인 일자리를 많이 제공해 주고 있으니 그런 곳에서 선택하면 좋다. 봉사 겸 수입 활동인 통장 일(30만 원 급여/월)을 맡아서 해 보는 것도 좋다.

3) 3년 차 이후–액티브 에이징 대비

아무리 100세 시대라고는 하지만 60을 넘으면 노인 세대에 접어든 것이고, 65세부턴 고령화 세대로 분류되어 정부로부터 지원 대상 노인으로 분류된다. 아침에 눈을 뜨면 오늘 하루가 살아서 다시 시작됨에 감사 기도를 드려보자. 오늘 중에 갑자기 죽을 수도 있다고 생각하면서 서서히 죽음에 대비하는 것도 좋다. 억울할 이유도 없고, 죽음을 당하지 말고, 맞이하는 여유를 갖자. 액티브 에이징을 생활해 보자는 것이다. 어느 분들은 다잉(dying)이라는 단어에 거부감을 보여 웰 에이징(well aging)을 쓰기도 한다.

죽음에 대비하는 항목은 여러 가지가 있는데 각자에 맞게 준비하면 된다. 노인 세대에 접어들었으면 빠르면 빠를수록 좋다.

예를 들어 이러한 것들이다.

▶ 유언장

▶ 버킷리스트

▶ 사전 의료 연명 의향서

▶ 사전 치매 요양 의향서

▶ 묘지

▶ 수의

▶ 조문보

▶ 자서전

▶ 불필요한 물건 정리 등 / 2021. 01. 17.

3 인생은
물과 같다

　인생살이를 비유해 보자면, 자연의 섭리 중 가장 흡사한 것이 물이라고 생각한다. 남녀가 만나 한 생명을 잉태하듯 물은 수증기가 되면서 새로운 물로 태어난다. 사람이 잉태되어 태어나듯, 수증기는 구름이 되어 설악산 중턱에라도 걸리면 비로 변하여 계곡에 내리게 된다.

　백담 계곡에라도 닿게 되면, 때로는 나무를 쓰러뜨리는 무서운 물줄기로, 돌멩이와 바위도 굴리며, 노도와 같이 흘러가기도 한다. 100여 개나 되는 담(웅덩이)을 만나면 또 다른 모양으로 잠시 흘러온 길을 뒤 돌아보며 쉬었다가 가기도 한다.

　어떤 물은 제약 회사로 흘러가 증류수가 되기도 하고, 어떤 물은 설거지 하는 용도로 쓰이기도 하며, 또 어떤 물은 수세식 화장실로 흘러들어 똥물이 되기도 한다.

그러한 물들이 결국은 흘러 한강에서 만나게 되고 한강대교를 지나 강화도 앞바다로 흘러가게 된다. 천호대교 정도 흐르는 물은 인생으로 말하면 허튼소리에 마음이 동요되는 일이 없게 된다는 불혹의 40대쯤이 되지 않을까? 여의도 정도 지날 때쯤이면 인류를 위해 노력하는 길이 자기 운명이고 천직임을 깨달을 수 있다는 50대의 지천명 정도 될 것이기에 이때는 증류수가 되었든 설거지물이 되었든 심지어 똥물이 되었든 서로가 어우러져 가게 되는 시기이다. 김포 대교 정도 지나면 다른 의견이 나와도 이를 순순히 수긍하게 될 만큼 마음의 여유를 갖게 된다는 60대의 이순이 될 것이다.

주변을 살펴보면 50~60대의 사회 지도층의 사람 중, 간혹 이순이 되어서도 주변의 것을 포용하지 못하고 아량을 베풀지 못해서, 설악산 계곡을 숨 가쁘게 흐르던 시절처럼 노도와 같이 행동하는 사람들을 만나게 된다.

1980년대 중반쯤으로 기억되는데 일산 근처를 흐르던 물이 잔잔하게 흘러가지 못하고 일산 둑을 무너뜨려 주변 전체가 물바다가 되어 모든 가옥은 물론 가축과 농산물을 폐허로 만든 적이 있었다.

우리는 불행하게도 그러한 대통령을 두었던 시절이 있었고, 지금도 주변에서 그러한 사람들을 만나게 된다. 그들이 아량을 베풀지 않고, 포용하지 못한다면 주변을 힘들게 하고 상처를 주게 될 것이다.

그러다가 물이 종착역인 바다에 이르게 된다. 사람도 그렇게 일생을 마치게 되는데, 다시 수증기가 되어 아프리카에 내릴 수도 있고, 중국이나 미국에 내릴 수도 있다. 이것이 불교에서 말하는 '윤회설이 아닐까?'라는 생각을 해 본다. /2010년

4   나이

어린 시절 동네의 30~40대 아저씨들을 보면서 '나는 언제 나이 들어 저렇게 어른이 될까'생각하며, 저렇게 어른이 되면 어떠한 생각을 하게 될까 궁금해 하곤 했다.

50대에 접어드니 어른이란 다른 것이 아니고, 아이가 나이 들면 어른이 되는 것이지 희로애락에 대한 판단과 사고는 어린 시절과 별로 다르지 않다는 것을 느끼게 된다.

40대 중반 오랜만에 서울에 있는 고향의 초등학교 출신 남녀 동창생들끼리 모임을 했었다. 어린 시절 사용하던 욕설과 말투를 그대로 해대는 것을 보며 잠시 잠깐 동심으로 돌아가 본 적이 있다.

IMF 이후 쏟아져 나오는 신조어로써, 취직과 직장 생활이 어려운 것을 나타내는 유행어로 회사 취직 시험에 합격을 했지만 입사

도 제대로 못 해보고 정리해고 당하는 대학 졸업자들을 '노가리' 라 하고,

20대 태반이 백수라 하여 '이태백',

38세가 되면 직장에서 퇴출된다 하여 '삼팔선',

45세에 직장에서 정년 퇴출된다 하여 '사오정',

56세까지 직장에서 남아 있으면 도둑놈이라 하여 '오륙도',

60세가 되도록 회사에 다니면 오적이라 하여 '육이오'라는 신조 유행어가 쏟아져 나왔다.

열정을 잃지 않고 사는 노년의 노후는 빈고, 고독고, 무위고, 병고가 감히 끼어들 틈조차 없다. 세계 역사상 최대 업적의 35% 는 60~70대에 의하여, 23%는 70~80세 노인에 의하여, 그리고 6%는 80대에 의하여 성취되었다고 한다.

공자는 40세에 이르러 직접 체험한 것으로 논어의 위정 편(爲政篇)에 아래와 같이 언급하였다.

15세에는 학문에 뜻을 세운다 하여 지우학 (吾十有五而志于學)

30세에 들어서는 학문의 기초를 확립하게 된다고 하여 이립이라 하였고 (三十而立)

40세에 이르러서는 유혹에 흔들리지 않게 된다고 하여 불혹이라 하였고(四十而不惑)

50세에는 하늘의 뜻을 알게 된다고 하여 지천명이라 하였으며
(五十而知天命)

60세에 접어들면서는 남의 말을 순순히 받아들일 줄 안다고 하여 이순(六十而耳順)

70세에는 마음 내키는 대로 행동을 하여도 결코 법도에 어긋나질 않게 된다고 하여 불유구(七十而從心所欲不踰矩)라 하였다.

루소는 "10세에는 과자에, 20세에는 인연에, 30세에는 쾌락에, 40세에는 야심에, 50세에는 탐욕에 움직인다고 하며 인간은 어느 때가 되어야 영지(英知)만을 좇게 될까?"라고 질문을 던졌다. 아이젠하워는 '나이를 먹어 감에 따라 급한 것부터 먼저 하라는 옛 속담에 진리가 담겨 있다는 것을 깊이 깨닫게 되었다. 그것을 따르면 인간의 가장 복잡한 제반 문제는 능히 다룰 수 있을 만큼 간소화될 수 있기 때문이다.'라고 하였다. 하버드는 '나이 스물 전에 아름답지 못하고, 서른 전에 강하지 못하고, 마흔 전에 돈을 모으지 못하고, 쉰 전에 현명하지 못한 사람은 평생 아름다울 수도, 강할 수도, 부할 수도, 현명할 수도 없다.'라고 하였다. 최정희는 '젊어선 사람에 취해 있게 되고, 나이를 먹으면 자연에 취해야 한다.'라고 했다. 피천득은 '지금 생각해보면 인생은 40부터도 아니요. 40까지도 아니다. 어느 나이고 다 살만하다.'라고 했다.

박목월은 '나이를 먹는다는 것은 반드시 노화나 인간적인 기능의 약화만을 의미하는 것이 아니다. 오히려 그것과는 반대로 우리들의 내면에서 감추어졌던 눈을 뜨게 하는 일이며, 눈이 어두워지는 일이 아니라 밝아지는 일이다. 젊은 날에 내가 가졌던 그 밝다고 생각했던 눈은 따지고 보면 주관적이고 자기중심적인 것에 불과하며, 사람을 사람으로, 나무를 나무로 볼 수 있는 눈은 나이를 먹음으로써 비로소 열리게 된다.'라고 했다.

유대 격언에 '나이 든 사람은 자기가 두 번 다시 젊어지지 않는다는 것을 알고 있지만, 젊은이는 자기가 나이를 먹는다는 것을 잊고 있다.'라는 말이 있다.

모세는 하느님을 만났을 때 나이 80세였으며, 그의 죄에 대해서 용서를 구하면서도 그의 늙은 나이에 대해서는 절대 말하지 않았다. 소크라테스는 70세에 유명한 철학을 세계인에게 주었고, 그런 나이인데도 악기 연주법을 배웠다. 플라톤은 50세에 겨우 학생이었고, 60세에 이른 후부터 최선을 다했다. 미켈란젤로는 죽을 때까지 시를 썼고 89세에 그의 삶을 설계했으며, 90세 가까이 되어서도 발판 위에 올라가 로마 교황청 예배당의 천장을 조각했다. 페트라르카는 70세에서 80세 사이에 라틴어 공부를 시작했다. 루도비

코는 115세에 그의 자서전을 썼다.

4~5년 전 미국에서 101세 화가 할머니가 사망했는데, 그녀는 76세에 그림을 시작하여 명품 그림을 많이 남겼고, 일본에선 10세에 초등학교를 중퇴한 시바타 도요 할머니는 92세에 시를 짓기 시작하여 99세에 시집을 발간하여 100만 부 이상 팔리는 베스트셀러 작가가 있었다.

2005년 8월 일부 신문 기사 및 방송사에서 이러한 내용이 소개되고 있다. 충북 옥천군 동이면 평산리 이종학(84) 옹이 태양광 발전소를 설립하여 한전에 전력을 팔아 매월 말 꼬박꼬박 전력 값을 송금받는다는 기사였다. 30년 전 철도 공무원을 퇴직하고 낙향해 2만 평의 밤나무 농장을 개간한 그는 2년 전 82세인 나이에 농사에 필요한 전력을 바람과 빛 등을 자연환경에서 얻고자 대체 에너지 연구에 뛰어들었다가 성공한 이야기이다.

2005. 10. 4. 초등학교 출신인 홍순혁 옹(78세)은 1990년 63세에 빌라 수위로 근무하면서 보일러 취급기능사 2급에 도전하여 15년 만인 78세에 도전 30수 만에 합격했다. 그는 우리나라 자격증 응시자 200만여 명 중 최고령 합격생이다. 그는 '시험 보는 것도 좋

았고, 떨어져도 좋았어. 90세가 되기 전까지 또 무얼 공부할지 고민 중'이라고 했다. 그에겐 29번의 실패가 결코 고행이 아니었다.

아무리 IMF 이후 중장년에 접어든 사람들이 사회 생활하기에 어렵다고 하더라도 나이가 걸림돌이라 생각하지 말고, 삶의 기간이 늘어 가는 시기에 나이 탓만 하면서 움츠러들지 말고 용기와 희망을 품고 살아가자는 의미에서 이 글을 정리하며, 이는 나 자신에게 던지는 주문이기도 하다. /2005. 10.

5 젊은이와
늙은 두 사내의 동거

군포시 산본 재래시장 앞 고층 아파트 단지의 29층에 자리 잡은, 도립 공원 수리산이 바라다보이는 아담한 서재에는 젊은이와 늙은 두 사내가 동거하고 있다.

한 사내는 제법 젊다. 그 젊은 사내는 자기는 나이가 젊다고 생각하기 때문에 무엇이든 도전해 보려고 시도한다. 그는 타고난 음치이다. 화기애애하던 노래방에서 그가 마이크를 잡으면 분위기가 깨진다. 한국 사회에선 노래방에서 노래를 부르지 못한다는 것은 용서받을 수 없는 죄인이 된다. 그는 노래 부르는 곳에서는 언제나 죄인이다. 그러던 그가 지역 노래 경연 대회에서 입상하겠다고 무리한 도전을 하였다. 아직 젊어서 도전할 수 있다는 것이다. 첫해에 예선 탈락했다. 두 번째 해는 간신이 예선에 통과했다. 3년 차에는 4명에게 주는 입상권에 들면 자신의 버킷리스트 중 하나가 달성되는 것이라며 다시 도전했다. 지난해에 심사위원이 이 경연 대회에 나오려면 적어도 노래방에서 10번 이상 연습해 오라는 충고가 있었다. 그 젊은이는 300번 이상 연습하고 도전했다. 결과는 입상 수준을 넘어 대상 다음인 최우수상을 차지했다. 입상만 하면 버킷 리스트 하나가 달성하는 것이라고 하던 그는 기필코 대상도 도전해 보겠다고 다시 도전한다. 차기 경연 대회가 아직도 10개월 정도 남았는데 벌써 도전할 새로운 대상 곡을 선정해 놓고 300번 이상 연습을 마쳤다. 수백 번 불러보고 대상에 도전하겠다고 준비한다. 똑같은 노래를 300번 이상 연습한다는 것은 즐겁지만은 않다. 즐거움을 누리기 위해 한동안 괴로움을 감수해야 하는 것은 당연하다. 전체적으로 보아 괴로움보다 즐거움이 많다면 행복한 인생으로 보면 된다.

한국에서 중산층이 되려면 10억 원이 넘는 아파트 한 채는 소유하고 있어야 하지만, 유럽의 중산층은 재력보다는 선수 수준의 스포츠를 1개 이상 즐기고, 1개 이상의 악기를 다룰 줄 알아야 한다고 한다. 스포츠 분야에선 지역 노년층 탁구 대회에 선수로 나가 메달을 받아 본 경험이 있다. 그는 평생 오르간 건반 한 번 눌러보지 않았다. 그가 다뤄봤던 악기는 꼬맹이 시절 할아버지가 버들피리를 만들어 주면 힘차게 불어보던 것이 고작이다. 그 악기 이름은 일명 호드기다. 70을 바라보며 이제라도 중산층에 들어보겠다고 악기 중에 가장 접하기 쉬운 기타 연주에 도전하고 있다.

얼마 전 경기도 노인회에서 영상 편집 경연 대회가 있었다. 그 젊은이는 이 생소한 분야에 거침없이 도전했다. 사진은 많이 찍어 보았지만, 동영상은 다소 생소한 분야다. 젊을 때 도전해 봐야 한다며 도전해, 장려상을 받는 기쁨을 안았다.

여기서 멈추지 않고, 글쓰기와 책 쓰기에도 도전했다. 그가 가장 잘하지 못하는 것으로 글도 못 쓰지만, 글씨도 못 쓰는 사람이다. 펜글씨로 기안을 올리던 직장 초년 시절, 그는 글씨를 너무 못 쓴다고 상사한테 자주 핀잔을 들었다. 문장 솜씨까지 없어 간단한 기안지도 몇 번씩 수정해야 했다. 펜글씨로 기안해 큰 불편 사항이었는데, 다행히 컴퓨터가 등장하면서 많이 편리해졌다. 그러던 그가 이젠 수필 몇 편을 써 보는 것이 아니라 책까지 내겠다고 도전한다. 책을 한 권 내면 저자가 된다. 그는 저자가 되겠다는 것이다. 준비하다 보니 250페이지 내외의 4권 분량을 동시에 내겠다고 한다. 이미 준비를 마치고 출판 업체와 교섭을 진행하고 있다. 아직 젊기 때문에 도전한다고 한다. 글씨는 요즘 같은 컴퓨터 시대에 그리 중요한 것은 아니지만 다시 연습에 연습을 거듭했다. 그 결과 노인 복지관에서 독후감을 수기로 써내는 과제가 있었는데, 강사가 그 글씨를 보고 누가 이렇게 글씨를 인쇄물처럼 잘 썼느냐며 여러 수강생에게 보여주는 광경이 벌어지기도 했다. 더 늙기 전에 글씨체도 바꿔보자고 도전하여 얻은 결과다.

또 하나의 도전은 봉사 5천 시간 이상 진입하기이다. 연 50시간 이상 봉사하면 우수 봉사 증이 발급된다. 그런데 그는 매년 500시간 이상씩 봉사 실적을 올리며 지내 온 지가 4년째 접어들고 있다. 최근엔 코로나로 봉사 활동도 하지 못해 다소 늦춰지고 있다. 그래도 자신이 아직 젊고 건강하기 때문에 가능하다고 도전해 본다.

여기서 끝이 아니다. 요즈음에는 유튜브 방송을 하겠다고 준비한다. 아직은 모르지만 배워서 하겠다고 한다. 수강하는 곳을 찾아가 상담했는데, 교육은 코로나가 어느 정도 진정되면 수강생을 모집한다는 말을 듣고 우선 등록해 놓았다. 그리고 교육만 끝나면 곧바로 유튜브 방송을 시작하겠다는 것이다. 아직 젊으니 해 볼 수 있다는 것이다.

그러던 그가 어느 날 외출하다, 이사 가는 집에서 버리고 간, 아직 쓸 만한 상태 좋은 큰 거울을 집에 가져와 서재 벽에 걸어 놓았다. 문뜩 거울 속에 있는 늙은이를 보고 소스라치게 놀랐다. 대머리는 훌떡 벗겨졌고, 이마와 목에는 잔주름이 제법 패어있었다. 자신의 아버지가 돌아가실 때 연세가 67세였다. 그때 그는 아버지가 무척 상노인이라 생각했었다. 그 거울 속에는 돌아가실 즈음 아버지보다 더 늙은 상노인이 자신을 바라보고 있었다. 그도 그럴 것이 젊은이라고 착각하고 있는 그는 이미 아버지가 돌아가셨을 때보다 이미 한 살이 더 많은 68세의 노인이었다.

젊음과 늙음은 나이와 상관없다. 본인이 늙었다고 여기면 늙은이고, 젊다고 여기면 젊은이다. 나이를 의식하지 않고 도전하며 성취해 나가면 아직 젊은이다. 그래서 도립공원 수리산이 훤히 보이는 29층 아파트의 아담한 서재에 노인으로 분류하는 65세 이상의 고령자와 나이를 의식하지 않은 젊은이가 같이 매일 동거하고 있다. 거울 속의 늙은이가 젊은 동거인을 대견스럽게 바라본다. 늙은이와 젊은이는 한 몸이다. /2021. 03. 03.

6 FUN 인생

덴마크의 저명한 학자인 롤프엔센은 'Dream Society'라는 저서에서 감성 사회로의 변곡점은 GNP가 11,000달러를 넘어서는 시점부터 시작한다고 분석하고 있는데 우리나라는 2003년에 도달하였다. 감성 사회에서 직장에서는 직원들이 즐거운 마음(FUN)으로 업무를 수행할 수 있도록 업무 환경을 조성해 주고 배려해야 한다.

최근 존경받는 회사 중의 하나인 스타벅스의 슐츠 회장은 '자신의 직원들을 만족시키지 못하는 기업은 결코 고객을 만족시키지 못한다.'라고 했고, 월마트의 샘 월튼은 '고객에 대한 서비스 강화만이 사업을 번창으로 이끌 수 있으며, 이를 위해서는 무엇보다 직원에 대한 배려가 필수적이다.'라고 했다. 그러한 조직에서 일하는 직원들은 즐거움을 누릴 것이다.

기업은 내부 고객인 직원들에게 최고의 고객으로 대해주면, 직원들은 외부 고객에게 최고의 서비스를 제공해 주고, 외부 고객은 기업의 매출과 이윤으로 보답하는 선순환 사이클로 이어진다.

매년 포춘지가 선정하는 일 하기에 가장 좋은 100대 기업 종사자의 특징을 살펴보니 서로 신뢰하고 자신감에 차 있으며 재미있게 직장 생활을 한다는 것이었다.

연예인 목사로 알려진 대전 중문교회의 장경동 목사는 설교도 얼마든지 재미있게 할 수 있다는 것을 증명했는데 그의 설교 3대 원칙은 내용 있게, 재미있게, 짧게라는 것이다. 천주교 신부이면서 제주가 배출한 유명 인사 중의 한 분인 임문철 신부의 설교 중에 '이젠 성당에 와도 죄의식에서 벗어나지 못하고 자신을 속박하면서 살지 말고, 자신의 잘못은 고해성사로 마무리 짓고, 나머지 인생은 밝고, 명랑하고, 즐겁게 살라.'는 것이었다. 스스로를 사랑하지 못하고 자기 비하나 좌절 속에서 살기에는 삶의 시간이 너무 아깝다는 것이다. 성당 앞에 걸려있는 예수의 고상도 가시관을 쓰고 고통스러워하는 모습에서 이제는 밝고 인자한 모습으로 바뀌고 있다고 했다.

지난해 연말 우리 개발 센터 임직원들이 전부 모여 1박 2일간 휘트니스센터에서 혁신 워크숍이 있었을 때 내로라하는 유명 강사들이 명강의를 하고 갔지만 몇 개월이 지나고 생각해 보니 기억에 남은 것은 용해원 시인의 코믹했던 강의 내용뿐이다.

노주현이나 신구 같은 사람은 코미디와는 거리가 먼 연예인 같았지만, 그들도 코믹한 연기자로 변신하고 있다. 강수정이나 노현정 또는 김성주 같은 아나운서도 코믹 분야를 개척하면서 인기가 치솟았다.

세상에서 자기 자신이 친 덫만큼 끔찍한 덫은 없으며, 열등감이나 자기 연민만큼 관계를 가로막는 장벽은 없다. 자기에게 친절하지 못한 사람은 결코 다른 사람에게도 친절할 수 없기 때문이다. 교만하지 않으면서도 자신감이 넘치고 당당한 사람을 만나면 우리 자신도 덩달아 기분이 좋아진다. 즐거움은, 당당하게 살아가는 데서 출발한다. 노력해서 배우고 아는 것도 좋지만 무엇보다 좋은 건 말 없이 즐기는 것이다.

모든 질병의 근원은 스트레스라고 한다. 직장인들은 회사를 보고 입사하고, 상사 때문에 퇴사한다고 한다. 상사가 조직원들에게 스트레스나 주고 즐거움을 방해하는 역할을 해서는 곤란하다. 이제 어디를 가도 즐거움(FUN)이란 키워드뿐이다. 가정에서 직장에서 자신들이 얼마나 즐거움을 만끽하면서 살아가고 있는지 되돌아 보자.

'Stop & Think!' 더 중요한 것은 나로 인해서 주변 사람들이 스트레스를 받고 있지 않은지, 나로 인해서 즐거움을 만끽할 주변 사람들이 방해받고 있지 않은지도 생각해 보자. 진정 즐기는 사람은, 즐거움을 받는 사람보다, 즐거움을 주는 사람이다. 따라서 장경동 목사, 임문철 신부, 용해원 시인, 강수정 아나운서 같은 사람들은 진정으로 즐거움을 만끽하면서 살아가는 사람들이다.

나도 요즈음 즐거움을 추구하면서 살아가고자 노력하고 있다. 내가 하는 일은 왜 제대로 되는 일이 없을까? 주변에 왜 나를 괴롭히는 사람들이 많을까? 를 생각하며 스트레스를 받은 적도 많았지만, 이제는 일상생활에서 이를 벗어나고 있다. 이렇게 사고를 바꾸게 한 문구가 있다. 아침에 눈을 뜨면 가장 먼저 머리에 떠올리며 되뇌는, Emile Cone 정신과 의사가 우울증 환자에게, 약 대신 전해주며 가장 큰 효과를 보았다는 문구이기도 하다. 'I am getting better and better' '나는 점점 좋아지고 있다', 물론 나로 인해 주변에서 스트레스를 받는 사람이 없도록 하는 데에도 게을리하지 않으려 한다.

知之者不如好之者, 好之者不如樂之者.-論語, 雍也

공자 왈, 아는 자는 좋아하는 자만 못 하고,

좋아하는 자는 즐기는 자만 못 하다.

/2007. 01. 17.

7   은퇴 준비와
실천

'Triple thirty'라는 말이 있다. 30 + 30 + 30을 의미한다. 100세 시대에 돌입하다 보니 인생을 90으로 보고, 30년 준비(공부)하고, 30년 경제활동(일)하고, 30년은 은퇴기가 된다.

은퇴(숨을 隱, 물러날 退)는 '물러나 숨어 지내다'라는 의미가 있다. 그런데 서양의 개념은 보다 진취적이다. 영어로는 retirement로 표현된다. 타이어를 갈아 끼우듯 새롭게 태어난다는 의미를 담고 있다. 숨어 지내는 의미보다는 다시 출발한다는 도전의 의지가 담겨 있다.

'가을 다람쥐같이 겨울을 준비하자.'는 말이 있다. 다람쥐는 겨울을 준비하기 위하여 가을에는 분주하게 준비한다. 은퇴의 승패는 준비에 있다. 준비 없는 은퇴는 성공할 수 없다. Thinking is not doing. 생각만 하는 것은 하는 것이 아니다. 즉 이루어지지 않는다.

준비하여 실천하여야 한다.

20대에 '취준생'이 되듯 50대엔 '은준인'이 되자. 20대에 취업을 준비하는 학생들처럼 50대엔 은퇴를 준비하는 사람이 되어야 한다. 사람은 대부분 60을 전후하여 퇴직한다. 그것도 선택된 사람이다. 신의 직장이라고 하는 공무원과 공기업은 '임금 피크제'가 있다. 퇴직 2년 전에는 모든 직책을 내려놓고 임금의 최고점보단 적게 받지만, 은퇴를 준비할 수 있는 적기이다. 공기업 출신자라고 해서 이 시기를 잘 보내는 사람은 많지 않다. 허송세월하다 보면 이 기간도 무의미하게 지나간다. 공무원이나 공기업 출신이 아니라도 자기 나름의 '은준인'이 되어야 한다.

퇴직 전에 준비하면 금상첨화겠지만, 퇴직 이후에도 늦지 않다. 늦었다고 생각할 때가 가장 빠르다는 말도 있지 않은가. 지금이라도 시작하면 된다.

이러한 것을 준비하면 좋다.

1. 버킷 리스트를 작성한다.
2. 고정적으로 갈 곳을 마련한다.

3. 생활 자금 준비

4. 즐길 준비(혼자/함께)

5. 더 배울 것

6. 봉사

7. 액티브 에이징

'버킷 리스트'는 나침판이나 추진 본부 역할을 한다. 다시 말해 위의 항목에 맞게 버킷 리스트를 작성해 놓는다. 그리고 하나씩 이루어 나가면 의미 있는 노년기를 보낼 수 있다.

은퇴자 특히 남자는 퇴직 후에도 고정적으로 갈 곳이 있으면 좋다. 집에 있다 보면 어쩔 수 없이 아내와 충돌이 일어난다. 남자는 낮에는 집에 있는 것 보다는 밖에 나가는 것이 좋다. 집에서 다소 떨어진 곳이 좋다. 번듯한 사무실이면 더할 나위 없겠지만, 오피스텔도 좋고 컨테이너도 좋다. 지인 몇 명이 공동 사무실을 갖는 것도 좋다. 남자들에게 집에는 서재가 있고 밖에는 사무실이 있는 것은 로망이다. 그래서 젊어서 열심히 돈을 벌어 놓아야 한다.

은퇴자에겐 생활 자금이 꼭 필요하다. 현직일 때도 아내한테 용돈을 타다 쓰는 사람이 많지만, 현직일 때의 용돈과 퇴직 후의 용돈은 성격이 전혀 다르다. 아내에게 들어간 돈은 절대 나오지 않는다. 아내가 못된 사람이라서가 아니다. 남자의 최소 품위 유지비도 아내는 인정해 주지 않는다. 남자와 여자는 인간이라는 것을 제외하곤 전부 다르다고 한다. 이는 남자의 품위 유지비에 대한 관점에서도 확연히 드러난다. 자식을 가르치고 이 정도 살게 된 것은 아내의 그러한 구두쇠 정신 때문이기도 하다. 그래서 아내 탓만 할 수도 없다. 많은 남자들이 비자금으로 이를 유지해 가고 있지만, 그렇지 못한 은퇴자들이 더 많다. 이는 퇴직 전 현직일 때 아내와 미리 협상해 놓는 것이 좋다. 퇴직하고 협상하면 남자가 불리하다. 예를 들어 부동산에서 나오는 월세는 아내가 관리하고, 연금은 남편이 관리한다든가 아니면 그 반대로 하면 된다. 이것이 음성적인 비자금보다는 투명하고 권장할 만한 방식이다.

은퇴자는 즐길 준비를 해야 한다. 함께 즐기는 것도 좋지만 특히 혼자 즐길 수 있는 것을 준비해야 한다. 구체적인 것은 아래에 다시 정리해 보겠다.

사람은 죽을 때까지 배워야 한다. 수업료를 많이 내지 않고도 배울 곳이 대한민국에는 널려 있다. 유튜브에서도 명강사와 전문가들이 많은 콘텐츠를 제공하고 있어 배울 수 있는 자료들이 넘쳐난다. 주민 센터, 각종 복지관, 평생 학습원 등에서 한 달 수업료 1~2만 원 수준에서 배울 수 있는 프로그램이 다양하다. 마땅히 배울 것이 없다고 하면 곤란하다. 정말로 배울 것이 없다고 생각되면 스마트폰의 기능이라도 몇 가지 배워보라. 삶이 훨씬 더 편리해진다.

인생을 살다 보면 나를 괴롭히는 사람과 제도가 주변에 많이 있지만, 그래도 이날까지 내가 이 정도 수준에 와 있는 것은 주변 사람과 제도의 많은 혜택이 있었기 때문이다. 죽기 전에 어느 정도는 갚고 가야 하지 않겠는가? 봉사의 손길을 기다리고 있는 곳이 주변에 널려 있다. 봉사는 가정에서부터 출발해야 한다. 밖에서 열심히 봉사하면서 집안에서 어깨에 힘만 주면 안 된다. 남편이라면 설거지에서부터 시작하여 청소도 하고 쓰레기 분리와 밖에 내 놓기부터 시도하면 좋다. 요리라도 배워서 가족을 위해 제공해 주는 봉사야말로 가족들이 기대하는 분야다. 산에 다니던 것을 마치고 군포에 정착하면서 노인 복지관에 나가 봉사하기 시작했다. 연간 500시간 이상씩 봉사했다. 물론 요즘엔 코로나로 봉사 활동도 거의 중지되었다. 그곳에서 배우기도 하고 즐기기도 했지만, 봉사 활동이 한 축을 이룬다. 컴퓨터 행정 지원, 방문객 안내, 카페에서 DJ 재능 기부, 웰다잉 카페 진행 등 종류도 다양하다. 환경 단체 NGO 활동을 하면서 하는 봉사도 전체 봉사 활동의 30~40%는 차지한다.

마지막으로 죽음을 준비해야 한다. 노년기에 접어들었다는 것은 죽음이 가까이 다가오고 있다는 의미이다. 당하는 죽음에서 맞이하는 죽음이 되어야 한다. 이를 액티브 에이징이라고 한다. 액티브 에이징과 관련된 키워드는 유언장, 버킷 리스트, 사전 의료 연명 의향서, 사전 장례 의향서, 조문보, 사전 장례식, 자서전, 불필요한 물건 정리 등이 있다. 각자가 자신에게 맞게 준비해 가면 된다. 물론 나는 위에서 말한 키워드는 전부 마무리해 놓았다. 고향마을 선산 부모님 묘지석(와비) 옆자리에 내 묘지석까지 마련해 놓았다. 할아버지 묘소 봉분을 없애고 그 자리에 3대 6명의 조그만 와비로 정리를 마쳤다. 내가 죽으면 화장해서 아담한 와비에 사망일만 새겨 넣고 밑에 넣기만 하면 된다. 내가 죽으면 장례는 지인들에게 알리지 말고 49재를 마치고 조문보를 띄우라고 자식들한테 지시해 놓았다. 조문보 문안까지 다 만들어 놓았다. 수의는 내가 죽기 직전 즐겨 입던 등산복으로 하라고 했다.

이를 다른 각도에서 노년기에 할 것을 5가지로 분류해 볼 수 있다. 혼즐삶, 함즐삶, 끝도삶, 봉즐삶은 저자 김관열의 '은준인'이라는 책에서 인용했다.

1. 혼즐삶 : 혼자 즐기는 삶

2. 함즐삶 : 함께 즐기는 삶

3. 끝도삶 : 끝까지 도전하는 삶

4. 봉즐삶 : 봉사를 즐기는 삶

5. 사준삶 : 죽음(死)을 준비하는 삶

혼자서 즐기는 삶을 살기 위해서는 출근한 곳을 마련하고, 생활 자금이 준비되어 있어야 한다. 이를 선택할 때 고려할 사항은 내가 하고 싶은 것, 내가 잘 할 수 있는 것, 생산적이고 남에게 폐가 되지 않는 것, 창의적이고 도전적인 것이면 된다. 구체적인 것은 등산, 여행, 독서, 글쓰기, 책 쓰기(자서전 등 책 펴내기), 노래 등인데 각개인 사정에 맞게 참고하여 정하면 된다. 등산과 여행도 혼자 하는 묘미가 쏠쏠하다.

은퇴자가 혼자서 보낼 수 있는 가장 좋은 것으로는 3가지를 꼽는다. 산에 가기, 도서관 가기, 글쓰기이다. 사람에 따라 중요도의 순서는 바뀔 수 있다. 물론 여행하기, 취미 생활하기 등이 있을 수도 있다. 나는 초기 3년은 산속에서 보냈다. 2년은 한라산에서, 1년은 북한산에서 보냈다. 김밥 한 줄과 물 한 병 그리고 막걸리 한 병이 준비물이었다. 한 번은 한라산에서 길을 잃어 한참을 헤매다가 어둠이 깔리기 직전 엉뚱한 마을로 내려가 간신히 조난을 면했다. 그 이후 이를 중단하기보다는 라이터와 전등을 추가로 준비했다. 그리고 더욱 깊은 곳으로 찾아다녔다. 조난되어 하루 이틀 굶는 것은 견딜 수 있지만, 얼어 죽으면 안 되었기 때문이다. 그것이 내가 선택한 은퇴자로서의 연착륙을 시도한 방식이었다. 아무런 결과물은 없었지만 헛된 시간은 아니었다. 평소 해 보지 못했던 나를 되돌아보는 명상의 시간이 많았다. 그 이후 노래도 열심히 배우면서 불렀고, 현재는 글쓰기와 책 쓰기에 가장 많은 시간을 보낸다. 내가 해 본 방식은 아닌데 어떤 사람은 3년 동안 무조건 도서관으로 출근하여 책을 수천 권 읽은 사람이 있다. 가장 생산적인 방식을 선택한 분이다. 그분은 머리에 들어간 것이 많아 출력할 수 있는 것들이 많다. 나의 산속 생활보다는 훨씬 더 좋은 방식임이 틀림없다.

함께 즐기는 삶은 친구를 잘 만나는 것이다. 모든 곳에 다 참여하고 참견하는 마당발로 살지 말고 자신에게 필요하고 도움이 되는 사람을 만나야 한다. 정리해야 할 친구는 정리해야 한다. 우리의 중산층 개념은 아파트 평수로 정해진다고 하지만, 서양은 한 가지 이상 프로에 준하는 운동을 하고, 한 가지 이상의 악기를 다룰 줄 알아야 한다고 한다. 평소 익히지 못했더라도 운동을 열심히 하고 악기를 다뤄보면 함께 즐기는 데 유익하다. 모든 것을 배우자와 함께하겠다는 생각은 버려라. 배우자와는 공통분모가 있는 것만 하면 된다. 억지로 하면서 분란을 일으키지 말아야 한다. 나이가 들어서는 허물없이 지낼 수 있는 이성 친구가 있어도 좋다.

끝까지 도전하는 삶은, 우선 배우는 것을 게을리해서는 안 된다. '할 수 있다고 생각하기 때문에 할 수 있는 것이다.'라고 베르킬리우스는 말했다. 자격증에 도전해 보는 것도 좋다. 그리고 기존에 해오던 것을 이어가는 것도 좋지만, 새로운 자기의 핵심 브랜드(self-core-brand)를 개발하는 것도 좋다. 내가 아는 지인분 중에는 전직과는 전혀 상관없이 은퇴 준비 전문 작가가 되어 책을 발간하고 강연가로 활동하고 있다. 내가 롤 모델로 삼는 분이기도 하다. 나도 은퇴하고 나서 자격증 3개를 취득했다. 숲 해설가, 독서 지도사, 인성 지도사 자격증이다. 스마트폰 교육, 사진 및 포토샵도 꾸준히 학습받고 있다. 글쓰기 수업을 한창 받다가 코로나로 중지되었다. 코로나만 진정되면 유튜버 교육을 받아 유튜버 활동을 계획하고 있다. 자전적 에세이집 발간도 나의 새로운 도전이다.

은퇴자들에게 장점 중의 하나는 균형 잡힌 삶을 살 수 있다는 것이다. 즐기기, 배우기, 봉사하기를 배분하여 한곳에 편중하지 않고 균형 있게 살아가면 좋다. 현직일 때보다 훨씬 유리하다. 그중에 으뜸은 즐기기이다.

잘 물든 단풍은 봄꽃보다 예쁘다. 봄꽃은 떨어지면 지저분하여 빗자루로 쓸어버리지만, 잘 물든 단풍은 떨어져도 주워가서 책갈피에 끼워 놓는다. 아름다운 노을은 일출 못지않게 황홀하다. 사람의 출생도 축복받으며 태어나지만, 인생의 마무리도 황홀한 노을처럼, 마지막 빛을 아름답게 발산하고, 지평선 너머로 사라지자. 떠나는 뒷모습을 아름답게 마무리하면서……. /2021. 03. 14

8 바람직한 노후 생활

(active aging)

노인 세대에 들어서면 우리가 받아들여야 할 것이 있다. 소위 죽음이다. '나이야 가라'라는 말과 '99-88-234'라는 말이 유행하던 시절이 있다. '99-88-복상사'란 말도 있었다. 늙어가는 것을 애석해하고 건강하게 살되 죽을 때는 고생하지 말고 죽으면 좋겠다는 간절한 소망이 담긴 말이다. 내가 지금 생각하고 있는 나의 죽음은 77-88-15분 사이다. 77세까지 88 하게 살다가 15분만 앓다가 죽는 것이다. 77세는 현재 우리나라 남자들의 평균수명이기에 그 정도면 되겠고, 15분사는 내가 지금 앓고 있는 중증 협심증과 관련이 있다. 평소 의사의 관리 아래 상시 약을 먹으면서 지내기에 이것 때문에 죽지는 않을 것 같다.

어머니도 협심증 약을 20여 년 이상 복용했지만, 사망원인은 교통사고였다. 어쩌다가 가슴에 발작이 일어나면 참을 수 없는 통증이 오는데, 이 기간을 대처하지 못하고 15분이 지나면 죽게 된다

고 한다. 마침 이에 대한 비상약이 있기에 이 비상약만 준비하고 있으면 돌연사 방지엔 전혀 상관이 없다. 그러나 77세 이후에 실수로 약을 휴대하고 있지 않았을 때 외딴곳에서 이 발작이 일어나 15분만 아프다가 죽으면 더 이상 바랄 것이 없겠다는 생각으로 죽음에 대한 마음의 여유를 갖고 있는 것이다.

아무리 100세 시대라고 하지만 사람은 60세를 넘어가면 황혼기에 접어든 것을 인정하고 삶을 정리하면서 죽음을 준비하여야 한다. 죽음은 피해야 할 것도 아니고, 두려워할 것도 아니다. 그냥 자연스럽게 맞이하면 된다.

원불교 경전을 보면 '나이가 사십이 넘으면 죽어 가는 보따리를 챙기기 시작해야 죽어 갈 때 바쁜 걸음을 치지 않는다.'라고 나와 있다. 40대에 준비하지 못했으면, 적어도 60 이후엔, 늦어도 65세가 넘으면 마땅히 준비에 들어가는 것이 좋다.

아버지는 67세에 돌아가셨다. 나도 내년이면 그 나이가 된다. 이제 노년에 접어든 나는 생산적인 일보다는 취미생활을 즐기고 봉사활동에 전념한다. 그리고 죽음은 전혀 두렵지 않다. 다만 죽을 때 고통의 시간이 적을수록 좋겠고, 특히 주변 사람들에게 손해를 끼치지 않았으면 좋겠다. 그래서 나는 눈을 뜨면 반복해서 되뇌는 기도가 있다. '오늘도 건강하게 밝아오는 해를 바라볼 수 있어 감사드립니다. 오늘 죽는다고 해도 여한이 없으나, 고통의 시간은 짧고 주변 사람들에게 폐만 끼치지 않도록 해 주면 됩니다.'라는 내용을 담고 있다.

메멘토 모리(Memento mori)는 '자신의 죽음을 기억하라'를 뜻하는 라틴어 낱말이다. 옛날 로마에서는 원정에서 승리를 거두고 개선하는 장군이 시가행진을 할 때 노예를 시켜 행렬 뒤에서 큰소리로 외치게 했다고 한다. '메멘토 모리!' '전쟁에서 승리했다고 너무 우쭐대지 마라. 오늘은 개선장군이지만, 너도 언젠가는 죽는다. 그러니 겸손하게 행동하라.' 이런 의미에서 생겨난 풍습이라고 한다.

사람이 살아가면서 가장 핵심 키워드는 '행복'이다. 삶의 현장이 천당이 되기 위해서는 행복하게 살아가야 하며 행복하기 위해서는 즐겁게 살아야 한다. 행복이란 내가 가진 것을 즐기는 것으로 가진 것에 비례하고 욕구에 반비례한다.

소금 장수와 솜 장수가 지게에 짐을 가득 메고 가다가 물에 빠졌다. 솜 장수는 살았고, 소금 장수는 죽었다고 한다. 솜 장수는 짐이 무거워져 짐을 포기하고 물 밖으로 나왔다. 그러나 소금 장수는 점점 짐이 가벼워져 짐을 버리지 못하고, 시기를 놓쳐 죽었다고 한다. 사람이 노후가 되면 무거운 짐을 버리는 삶을 살아야 한다.

나의 좌우명은 얼마 전까진 松茂栢悅(송무백열) 이었다. 소나무가 무성한 것을 잣나무가 기뻐한다는 의미로 남과 비교하며 시기보다는 공감하고 인정하자는 것이다. 비교는 과거의 나와 현재의 나만 비교하여 더 나아지면 된다. 남들과의 비교는 백해무익이다. 그러다가 최근 바꾸었다. 爲正人易(위정인이), 爲好人難(위정인난)으로 '정직한 사람은 되기 쉬우나 좋은 사람은 되기 어렵다'라는 의미이다. 정직을 강조하면서 주변 사람들을 간섭하며 힘들게 하지 않기 위해서다.

인생에서 가장 중요한 것은 '자기 결정권'을 행사하는 일이다. '사람은 누구든지 자신의 삶을 자기 방식대로 살아가는 것이 바람직하다. 그 방식이 최선이어서가 아니라, 자기 방식대로 사는 길이기 때문에 바람직하다'라고 존 스튜어트 밀은 말했다.

사랑, 일, 놀이는 위대한 '삶의 세 영역'이자 황금 분할 영역이다. 일이 없으면 궁핍하고, 사랑이 없으면 허전하고, 놀이가 없으면 재미가 없다. 사람은 이 세 영역 말고도 '연대'에서 삶의 의미를 찾는다. 연대의 대표 방식은 봉사이다. 사람은 60을 전후하여 현역에서 은퇴하면서 노후 생활을 하게 된다. 노후 생활이라고 해서 사랑, 일, 놀이의 영역이 달라질 필요가 없다.

우리나라의 중산층 개념은 아파트 평수나, 소유한 자가용으로 구분한다고 한다. 선진국에선 기본 의·식·주가 해결되면 아마추어 선수 수준의 스포츠를 하나 이상 할 수 있고, 한 가지 이상 악기를 연주할 수 있어야 중산층으로 구분 한다고 한다. 우리나라도 그렇게 판단 기준이 바뀌면 좋겠다고 생각한다. 위에서 거론된 사랑, 일, 놀이 중에서 하나만 꼽으라면 놀이를 꼽고 싶다. 행복하려면 즐거워야 하고, 즐거움은 놀이에서 가장 많이 느끼게 된다. 그중에서 많은 사람은 노래를 으뜸으로 꼽는다. 이미자가 부른 '노래는 나의 인생'이란 노래 가사 중에 '나와 함께 걸어가는 노래만이 나의 생명, 언제까지나 나의 노래'라는 문구처럼, 노래는 내 생활 속에 늘 함께한다. 나는 한때 대표 음치였던 적이 있었다. 요즈음에 노래 경연 대회 본선에 나갔었다고 하면 그 음치가 어떻게...? 라는 말이 들려올 정도이다. 2년 전에 복지관 스타 가요방에 가입했고, 그 후 1년 뒤에 회장을 맡아 이끌어 오고 있다. 그러다 보니 노래할 기회가 많아졌고, 노래 실력도 많이 향상되었다. 첫 실버 가요제에서 상금 순위권에 들진 못했지만, 판정에 갸웃거리며 제법 잘 불렀다는 평도 들었다. 다음 해에 다시 도전해서 최우수상까지 받았다.

제주 생활 중 골프를 즐겼지만, 시간과 비용이 부담되어 중단하고, 탁구에 열중하고 있다. 탁구는 곧잘 치며 즐기고 있다. 지난해는 전국 실버 대회에 나가 3등을 한 적이 있다. 사진 촬영도 개인전을 열 정도는 아니지만 조그마한 전시회에 몇 번 출품한 적이 있다. 기타 연주는 내가 고희 겸 자서전 출간 시 직접 연주하면서 노래 몇 곡 선사할 정도로 준비하고 있다. 초등학교 시절 내가 그린 그림이 벽에 한동안 걸렸던 기억이 떠올라, 요즈음엔 수채화 수업에 등록하여 새로운 시도를 해 보고 있다. 그래서 나의 노후 생활은 따분하지 않고 언제나 바쁘고 즐겁다.

위에서 거론했듯이 일, 사랑, 놀이 중에서 놀이가 제일이라고 강조한 바 있다. 특히 지금 세대의 노인들은 즐길 권리와 자격이 있다. 반만년 역사를 지켜온 우리 민족사에서 5.16 혁명 시기부터 1997년 IMF 시기까지 일한 사람들은 6.25까지 겹쳐 폐허로 된 가난뱅이 국가에서 그것도 복지가 무엇인지, 노동 현장의 인권이 무엇인지도 모르면서 때론 중동 사막에서, 때론 월남전에서 생명까지 담보로 하면서 한강의 기적으로 남북 분단을 극복하고 세계 경제 대국을 일구어낸 영웅들이다. 그들이 이젠 현존하는 노인이 되었다.

지는 해의 낙조는 일출만큼 눈부시지는 않지만 이루 말할 수 없는 아름다움을 자랑한다. 아무리 100세 시대라고 하지만, 사람은 60세를 넘어가면 황혼기에 접어든 것을 인정하며, 삶을 정리하면서 죽음을 준비하여야 한다. 죽음은 피해야 할 것도 아니고, 두려워할 것도 아니다. 그냥 자연스럽게 맞이하면 된다. 60대 중반에 들어서니 지금 죽는다고 해도 크게 억울할 것도 없고 두렵지도 않다. 부모님이 다 돌아가셨고, 자녀 둘을 키워 독립시켰으니 되었고, 아내는 이 나이면 남편이 없어도 살아가는 데 크게 불편하지 않을 것이다.

내가 소속된 종교는 천주교다. 세례도 받았고, 견진성사도 받았다. 그러나 솔직히 부활과 윤회는 믿지 않는다. 생명체는 동물과 식물로 분류된다. 부활을 단순하게 살다가 마감하는 식물에서 찾아보면 이해가 쉽다. 식물은 씨앗이나 열매로 종족 번식한다. 1년생의 잡초도 그렇고, 천년 생의 주목도 고목이 된 후, 박테리아에 의해 분해돼 종족의 거름 역할로 생을 마감한다. 나무의 부활은 종족 번식에 있다. 마찬가지로 사람도 자식을 낳아 후손이 이어지면 그것이 부활이나 환생으로 볼 수 있다고 본다. 나는 두 아들이 있고 세 손자·녀가 있기에 이미 부활은 완성되었다고 여긴다.

지금 살고 있는 이곳(군포 산본)이 천당이라 생각하며 살면 된다. 아직 이곳이 천당이 아니라면 그러한 여건을 만들기 위하여 미력하나마 기여해 보겠다는 생각으로 살아간다. 천당의 삶을 이생에서 즐기면 되지 사후세계에서 즐기겠다는 기대는 무의미하다고 본다.

태어나는 것은 순서가 있지만 죽는 데는 순서가 없다. 태어나면서 바로 죽기도 하고, 100살이 넘게 살다가 죽기도 한다. 100년도 수 천 년의 인류 역사에 비하면 한순간일 수 있다. 아침에 눈 뜨면서 태어나고, 잠이 들면서 죽는다고 생각할 수 있다. 따라서 날마다 환생한다고 볼 수 있다. 어제 죽은 사람에게는 오늘이 가장 아쉬운 날인데, 불편 없이 살아가고 있는 자에게는 얼마나 축복받은 것인

가. 그런 나에게는 오늘은 다시 환생한 날이고, 어제 죽은 사람들이 그토록 안타깝게 누리지 못하는 축복받은 날이다. 이 순간은 나에게도 다시는 오지 않는 마지막 순간이기에 헛되게 보낼 수는 없다. 무엇보다 우선 자신을 위해 즐기고, 좀 더 나아가 주변 사람들에게 즐거움을 주며 살아가고 싶다.

죽음에는 두려움도 없고 거부감도 없다. 그래서 아침에 눈을 뜨면 반복되는 기도문이 있다. '오늘도 떠오르는 밝은 태양을 맞이할 수 있도록 살아있음에 감사를 드리고, 비록 오늘 생을 마감하더라도 기꺼이 받아들일 준비가 되어 있으니, 생을 마감하기 전까진 행복하고 즐거운 마음으로 살아갈 수 있기를 두 손 모아 기도드립니다.'가 나의 반복되는 새벽 기도문이다.

내가 요즈음 갖게 되는 조그만 소망이 있다면 군포 시민으로서 지역 발전에 긍정적인 역할을 할 수 있기를 바라는 것이다. 물론 위에서 말한 사랑, 일, 놀이를 즐기면서 긍정적 역할은 봉사를 통해서 하고 싶다. 이러한 생활 무대는 군포시 늘 푸른 노인 복지관이 주 무대이다. 우선 재미있는 취미 생활을 즐기고 싶다, 그래서 하는 것이 취미 생활로 탁구, 노래, 사진, 기타, 수채화다. 배움으로는 핸드폰을 젊은이 못지않게 다루는 것이고, 포토샵 배우기에 열중이다.

물론 사진, 기타, 수채화는 취미생활로 배우는 것이다.

봉사 활동으로는 우선 산본 2동 통장을 맡고 있다. 물론 월 20만 원 정도의 거마비가 나오지만, 봉사의 역할이 더 크다. 통장을 비롯해 현재 하는 봉사직으로는, 전국 환경 감시 협회 군포지부 사무국장, 명예직으로 경기도 명예 환경 감시 위원, 시청에서 활동하는 지속 발전 자문 위원, 노인 복지관의 에버그린 봉사 단원으로 하는 안내 활동, 액티브 에이징 이야기 카페 운영 지원, 복지관 1층 카페에서 DJ 활동 재능 기부, 복지관 5층 옥상 정원의 잡초제거 봉사 등이다. 올해 여름내 뜨거운 햇빛 아래에서 작업하여 깔끔하게 조성되어 있다. 군포 봉사 센터에서 주관하여 빈곤의 나라인 캄보디아에 가서 아내와 함께 1주일간 봉사 활동을 한 것도 큰 보람으로 여긴다.

사회에는 정답이 없다. 정답은 학교에서 객관식 시험 볼 때만 있는 것이다. 나는 정답을 정리하기 위해 이 글을 정리해 보는 것이 아니라, 하나의 사례를 전달하고자 한다. 이 글을 접하는 분들은 이 사례를 통해 간접 체험의 기회라 생각하면 된다. 죽음에 대해서는 두려움도, 거부감도 없지만, 사람이 60을 넘어서면 적어도 죽음을 준비해야 한다고 생각한다. 이러한 것은 나의 평소 생각이기도 하지만, 늘 푸른 노인 복지관 상담실(실장 김선아)에서 열심히 전파한 '액티브 에이징 교육'의 영향이 컸다고 본다. 복지관에서 운영하는 웰다잉 독서 동아리 회장직을 맡아 월 2회 독서를 하고 토론한 것이 액티브 에이징 지식 함양에 많은 도움이 되었다.

사람들은 좋은 삶, 성공하는 인생에 관심을 둔다. 그런데 오직 사는 데만 집중할 뿐, 잘 죽는 법을 알고 품위 있게 세상을 떠날 준비를 하는 데는 별 관심이 없다. 액티브 에이징이란 인생을 아름답고 품위 있게 마무리하고 죽음을 맞이하는 것을 말한다. 웰 다잉은 곧 액티브 에이징이다. 즉 잘 죽기 위해서는 잘 살아야 한다.

죽을 수밖에 없기 때문에 삶은 아름다울 수 있다. 죽음을 준비하다 보면 역설적으로 삶이 긍정적으로 변할 수 있다. 하루의 삶은 하루만큼의 죽음이다. 인생 전체가 의미 있으려면 살아 있는 모든 순간이 기쁨과 즐거움, 보람과 황홀감으로 충만해야 한다. 죽음을 모르거나 오해하면 삶을 망칠 수 있다. 죽음은 삶의 완성이다. 어떤 죽음을 준비하느냐에 따라 삶의 내용과 의미, 품격이 달라진다.

'아는 것이 힘이다.'라는 말이 있지만 나는 이 문구보다는 '실천하는 것이 힘이다.'라는 말을 더 좋아한다. 아는 것이 있으면 그것을 실천해야만 완성되기 때문이다. 그래서 나도 액티브 에이징에서 배우고 익힌 사례들을 나의 여건에 맞게 응용하여 실천한다. 제일 좋은 죽음은 건강하게 살 만큼 살다가, 어느 날 잠에서 깨어나지 않고 그대로 가는 것이라고 말한다. 그러나 여기엔 부족한 부분이 있다. 자다가 죽으면 죽음을 대비하지 못하는 것이다.

사람들은 좋은 삶, 성공하는 인생에 관심을 둔다. 그런데 오직 사는 데만 집중할 뿐, 잘 죽는 법을 알고 품위 있게 세상을 떠날 준비를 하는 데는 별 관심이 없다. 황혼기에 접어들면 자신이 죽기 전에 꼭 해보고 싶은 것을 정리하여 실천해 가는 것이 중요하다. 각자의 '버킷 리스트'가 필요하다. 나의 가까운 주변에도 건강에 아무 이상이 없던 사람이 갑자기 암이 발견되어 병원에 입원했고, 얼마 후에 의식을 잃고 사전 의료 연명 의향서도 작성해 놓지 않아 마냥 식물인간으로 살아가는 사람이 있다. 안타까운 일이 아닐 수 없다. 나의 버킷 리스트는 우선 자서전 발간 및 사진 전시회 개최를 하는 것이다. 고희 기념을 이것으로 하고자 한다. 동시에 이날 사전 장례 의식도 거행할 예정이다. 사전 장례 의식이란 나의 죽음을 애도할 사람들은 미리 불러서 작별 인사를 하고, 실제 장례식 때는 직계 가족들만 모여 간소하게 치르고 나서 자식들은 사후에 이를 지인들에게 고인이 되었다는 것만 알리라는 것이다. 고희 때는 너무 이르지 않느냐는 의견도 있지만, 더 살게 되어 80을 넘게 되면 80세쯤 다시 한번 2차 사전 장례식을 하면 되리라 본다. 버킷 리스트 2번은 1년에 한 번 아내와 해외여행을 다녀오는 것이고, 세 번째는 봄, 가을엔 한 달에 한 번 1박 이상 국내 여행을 다녀오는 것이다.

그리고 죽음에 대한 준비도 이미 다 해 놓았다. 우선 이미 준비한 유언장은 1년 단위로 필요하면 수정해가고 있다. 사전 의료 연명 의향서도 법적 요건을 갖추기 위해 정해진 기관(국민건강보험공단)에 등록을 마쳤다. 법적 양식은 아니지만, 사전 장례 의향서, 사전 치매 요양 의향서도 마쳤다. 영정 사진도 내가 최근에 그린 자화상으로 지정해 놓았다. 수의는 내가 최근에 즐겨 입었던 아웃도어로 하면 된다. 장례는 당연히 화장으로 하고, 고향 선산에 봉분 없이 조그마한 묘비명만 있으면 된다. 묘비명은 「'바보 국민' 별명 들으며, 진실과 정의의 삶으로 손해 보기도 했지만, 주변 사람들로부터 혜택도 많이 받다 간 사람 여기에 묻히다」로 정해 놓았다. 물론 이 문구도 생각이 바뀌면 수정할 것이다. 이 정도면 내가 갑자기 죽는다고 해도 아내와 자식들이 우왕좌왕하지 않고 차분하게 대처해 가리라 여긴다.

조문보는 나의 죽음을 자식들이 나의 지인들에게 알리는 것이다. 나는 사전 장례식을 할 것이기에 나의 죽음과 장례 시에는 지인들에게 알리지 말고, 49재를 마치고 지인들에게 알려주는 문장을 내가 준비한 것이다. 몇 가지 확정되지 않은 문구만 보완해서 알려주면 된다. 나의 조문보는 blog.daum.net/baboin79/1018에 정리되어 있다.

나의 묘지도 선산의 할아버지와 아버지 내외 묘소 옆에 조그맣게 평장 와비까지 마련해 놓았다. 와비에 내 죽은 날짜만 새겨놓고 내 화장한 유골함을 그곳에 안치하면 끝나도록 해 놓았다.

JP처럼 비석에 새겨 놓을 비문도 직접 작성해 놓으면 더욱 좋을 것이다. 나의 묘비명은 최종 결정된 것은 아니지만 현재 상황으로 안을 잡아 놓은 것은 「'바보 국민'이라는 별명을 들으며 진실과 정의의 삶으로 손해 보기도 했지만 그렇게 사는 사람들로부터 혜택을 많이 받은 사람, 후회 없었다는 말 남기고 여기 묻히다.」로 잡고 있다.

내가 죽었을 때 나의 죽음을 알려야 할 대상자의 연락처를 준비해 놓는 것도 좋다. 그러나 나는 사전 장례식으로 대신하려고 하기에 작성해 놓지 않아도 된다. 유시민 작가는 '어떻게 살 것인가?'라는 저서에서 자신이 죽으면 지인들을 절대로 초청하지 말라고 했다. 대신 급사가 아니라면 죽음이 어느 정도 예견된 상황에서 그 대상자들을 초청하여 '이별 의식' 즉 '생전 장례식'을 갖겠다고 했다. 사례는 연암 박지원이 그렇게 했다고 전해지며, 미국의 유명한 회계법인 KPMG 회장 유진 오켈리가 이를 실천했고, 작가 유시민도 그렇게 하겠다고 한다. 아주 멋진 방식이라 여기어 벤치마킹해보려고 한다. 나는 고희연 때 이를 실천해 보려고 한다. 그때는 자서전도 발간하여 오는 분들에게 나누어 주고, 내가 직접 기타를 연주하며 노래도 몇 곡 불러볼 것이다. 그리고 내가 죽었을 때 연락을 드리지 않을 것이라고 미리 알려줄 것이다. 아들에게는 49재를 마치고 지인 분에게 49일 전에 이미 사망했다고 알리며 이는 선친의 지시였다고 전하면 된다. 운이 좋아 80세를 넘기게 된다면 80세에 사전 장례식을 한 번 더 하면 된다.

나는 요즈음 두 달에 한 번씩 군포시 늘 푸른 노인 복지관의 1층 카페에서 액티브 에이징 이야기 카페를 주선하고 있다. 죽음에 관한 이야기를 이제는 터놓고 이야기해 보자는 모임이다. 이러한 모임은 영국에서 시작되었다고 한다. 참석자는 제한을 두지 않는다. 누구나 관심이 있으면 참가할 수 있다. 죽음에 대해 터부시하지 말고 삶속으로 녹여보자는 다소 도전적 시도인데 나름 잘 지속하고 있다.

'이만큼 살았으니 당장 지금 죽어도 여한이 없다'라고 생각하는 것은 아니지만, 죽을 준비를 다 해 놓고 언제고 부름을 받으면 "네" 하고 떠날 준비를 하겠다. 죽음의 문을 향하여 도살장에 끌려가듯 가지 않고 흔들림 없는 믿음으로 떳떳하게 위로받고 무덤을 향해 가고자 한다. 마음을 비우고 진격보다는 철수를 준비해 놓고자 한다. 사람답게 살다(well being)가 사람답게 늙고(well aging) 사람답게 죽으면(well dying) 된다.

마지막으로 재산 증여에 대한 나의 방식을 정리해 보고자 한다. 요즈음 회자되는 말로 '자식에게 재산을 안 주면 맞아 죽고, 일부만 주면 쫄려 죽고, 다 주면 굶어 죽는다.'는 말이 있다. 외국의 경우 고등학교까지만 부모가 지원해 준다고 한다. 우리나라는 대학교 학자금도 대주고, 결혼을 시켜주고도 계속 자식을 도와주어야 하는 것이 일반적인 흐름이다. 실제로 나도 아들 둘을 출가시키면서 전셋집 마련까지는 지원해 주었다. 젊은 부부가 맞벌이하여도 전셋값 올라가는 것을 따라가지 못하는 것이 현실이다. 간신히 노후 생활에 기본 품위 유지와 취미 생활을 하면서, 노후를 대비하는 정도의 소박하고 빠듯한 생활을 하고 있지만, 자식들의 전셋값 상승에 허덕일 경우 그냥 모른 체할 수만도 없다. 그래서 생각해 낸 것이 지원은 해 주되 차용증을 받고 상환 받는 것이다. 대신 이자는 받지 않겠지만 원금분할 상환을 한다. 예를 들어 1억 원 지원해 주었으면 매달 100만 원씩 통장으로 입금하도록 계약서를 작성했고, 그 계약서에는 아들과 며느리가 같이 사인했다. 이는 물론 잘 지켜지고 있다.

바람직한 노후생활, 준비하기 나름이라고 여겨진다.

아래 윤동주의 '내 인생에 가을이 오면'이라는 시는 노후에 액티브 에이징을 어떻게 해야 할지 잘 정리된 작품이라고 여겨진다. /2019. 10.

내 인생에 가을이 오면

윤동주

내 인생에 가을이 오면
나는 나에게
물어볼 이야기들이 있습니다.

내 인생에 가을이 오면
나는 나에게
'사람들을 사랑했느냐'고 물을 것입니다.

그때 가벼운 마음으로 말할 수 있도록
나는 지금 많은 사람들을 사랑하겠습니다.

내 인생에 가을이 오면
나는 나에게
'열심히 살았느냐'고 물을 것입니다.

그때 자신 있게 말할 수 있도록
나는 지금 맞이하고 있는 하루하루를

최선을 다하며 살겠습니다.

내 인생에 가을이 오면
나는 나에게
'사람들에게 상처를 준 일이 없었냐'고
물을 것입니다.

그때 자신 있게 말할 수 있도록
사람들을 상처 주는 말과
행동을 하지 말아야 하겠습니다.

내 인생에 가을이 오면
나는 나에게
'삶이 아름다웠느냐'고 물을 것입니다.

그때 기쁘게 대답할 수 있도록
내 삶의 날들을 기쁨으로 아름답게
가꾸어 가야겠습니다.

내 인생에 가을이 오면

나는 나에게
'어떤 열매를 얼마만큼 맺었느냐'고
물을 것입니다.

내 마음 밭에 좋은 생각의 씨를
뿌려 좋은 말과 좋은 행동의 열매를
부지런히 키워야 하겠습니다.

9   노인 중심시대

부캐를 찾자

내가 어렸을 때만 해도 환갑잔치를 많이 했다. 나의 아버지와 어머니도 환갑잔치를 해 드렸다. 환갑을 맞았다는 것은 오래 살았다는 증거로 자식들과 지인들이 축하를 해 주는 것이었다.

노인은 늙은 사람이다. '어르신'이라고도 한다. 시니어, 고령자, 실버라는 말도 통용된다. 우리나라는 60세 이상이면 노인이었으나, 65세부터 노인으로 분류되기 시작했다. 요즈음 노인에 대한 새로운 용어로 '선배시민'이란 용어도 등장했다.

인생을 전반기, 중반기, 후반기로 볼 때 보통 30세, 60세를 기준으로 분류했다. 이젠 중년기를 40~70세까지를 보는 견해가 많아졌다. 우리나라는 어린아이는 줄어들고 노인들은 늘어만 간다.

고기를 잡으려면 고기가 몰려가는 곳에 그물을 치면 된다. 대한민국에서 돈을 벌려면 58년 개띠가 몰려가는 곳에 사업을 벌이면 된다고 했다. 그들이 유치원에 들어갈 때는 유치원 사업이, 초등학

퇴직 후 즐기는 삶

교에 들어갈 때는 교실이 모자라 오전반과 오후반이 있었다. 중고 등학교에 들어갈 때는 청소년관련 사업이, 대학에 들어갈 때는 입시학원이, 젊어서 집을 쌀 때는 소형 집값이 폭등했고, 40~50대는 대형 아파트가 폭등했고, 이들이 넓은 집이 필요 없게 되자 다시 30평대가 인기다. 그들이 이젠 노인이 되었다. 58년 개띠가 지금 60대 중반이다. 그들이 지나가는 곳에는 언제나 폭풍의 흔적을 남겼다. 그리고 사망연령은 늘어나고 노인 인구도 계속 유입되고 있다. 대한민국에서 유망사업으로 실버사업을 하면 된다. 이 실버들이 현재 가장 많은 부를 손에 쥐고 있다. 그물을 거기에다 치면 고기는 잡게 되어 있다. 시니어 중심 시대가 열리고 있다. 남들이 우리 어장에 그물을 치기 전에 우리가 먼저 그물을 치면 더욱 좋다. 대한민국에서 유망사업으로 실버사업을 하면 된다. 이 실버들이 현재 가장 많은 부를 손에 쥐고 있다. 그물을 거기에다 치면 고기는 잡게 되어 있다. 시니어 중심 시대가 열리고 있다.

현재 살아있는 노인세대들은 대한민국에서 한강의 기적을 일군 영웅들이다. 보리고개를 넘기며 하루 세 끼니도 못 먹던 사람들이 30~40년 만에 5천년 역사에 가장 역동적인 기적을 이루어 냈다. 해외로 나가 월남전에 참전하여 피로서, 중동사막의 뜨거운 뙤약볕에서 외화를 벌었고, 국내에선 인권이 유린된 고용현장에서 참으면서 경제를 성장시켰다. 이들은 처절하게 가난을 겪었고, 직접 참여하여 민주화도 이루었고, 이젠 주도적인 삶을 거쳐 우아한 늙음의 시대에 접어들었다.

이러한 노인들은 충분히 대접받을 자격이 있다. 젊은이들이 대접해 주지 않으면 스스로라도 긍지를 갖고 살아야 한다. 남은 인생 즐겁게 살아야 한다. 은퇴자가 되어 숨어서 살면 안 된다. 선배시민이란 자격으로 액티브 한 삶을 살아가야 한다. 한강의 기적을 이룬 열정이 아직도 남아있다. 그렇기에 골든 트라이앵글(golden tri angle)을 이루면서 살아가자. 우선은 즐기자. 우리는 대접받으면서 즐길 충분한 자격이 있다. 그리고 배움을 게을리 하지 말자. 소용돌이치는 정보의 홍수 속에 배움을 게을리 하면 퇴보된다. 배우지 않으면 젊은이들과 소통할 수 없게 된다. 배우면서 새로운 '부캐'를 찾아보자. 그리고 이왕 한국의 기적을 이룬 힘을 발휘하여 건강이 유지될 때 봉사하자. 놀이-배움-봉사 균형을 잘 맞추어 살아가는 것이 가장 우아하게 사는 것이다.

어느 분야든 10년간 노력하면 전문가가 된다고 한다. 정년을 마치고 20~30년을 더 살게 되었으니 새로운 분야를 시작해도 2~3개는 새로운 분야의 전문가가 될 수 있다. 요즈음 '부캐'라는 용어도 등장했다. 부수적 캐릭터라고 한다. 55년생 순대국집 김칠두 털보 사장은 시니어 모델로 데뷔하여 대한민국의 대표적인 부캐를 장식하고 있다.

김칠두 시니어 모델

나는 음치에다 음악에는 전혀 소질이 없었다. 그런데 65세에 노인복지관 카페에 DJ장비를 갖추고 추억의 음악DJ재능 봉사활동을 시작했다. 지역 시니어 가요경연대회에 도전하여 3년만에 최우수상을 받았다. 67세에 글을 모우기 시작하여 자전적에세이 2권을 발간했다. 나는 글에 대한 3치(恥)였다. 글씨체가 엉망이었고, 문장력도 형편없었고, 글쓰기의 필수요소인 독서량도 부족했다. 코로나사태로 인해 외부활동을 하지 못해 집안에 갇혀 지내다 보니 글쓰기 공부를 새로 시작 할 수 있었고, 이 불편한 시기를 기회로 활용했다. 한 권은 출판사에 맡겨 기획출판을 맡겼고(2개월

출처 : 김칠두 인스타그램

후면 발간 예정임), 한 권은 전자출간으로 발간했다. 2권 분량의 발간 자료가 추가로 준비되었다. 그러면서 새로운 도전은 유튜버 활동을 위해 배우면서 장비를 준비하기 시작했고, 작가와 유튜버의 활동을 기반으로 시너지를 발휘하기 위해 시니어 및 웰 에이징 강사로 새로운 부캐를 도전해 보고 있다.

모든 선배시민들은 시니어시대가 열린 이 여건을 적극 활용하자. 아직도 우리가 주역이다. 각자 새로운 부캐에 도전해 보자.
2021. 04. 08.

퇴직 후 즐기는 삶

10   액티브 에이징
10계명

양재동 추모공원에 가보면 "웰다잉 10계명'이 있다. 죽음이 삶의 일부임을 받아들이고 죽음을 스스로 준비한다. 죽음에 대한 성찰은 지나온 인생을 가치 있게 하고, 남은 삶을 더욱 의미 있게 만들어 준다, '삶'을 정리하고 '죽음'을 준비함으로 삶은 아름답고 행복하며, 죽음은 품위 있고 평안해질 수 있다.

이제는 '당하는 죽음'이 아닌 '맞이하는 죽음'을 생각해 본다.

그 내용을 분류해 보면 우선 정

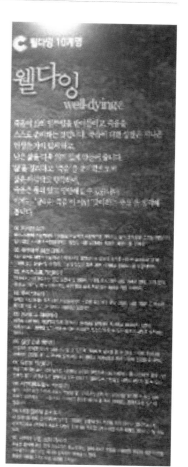

신적인 준비와 각오가 필요하다.

1) 용서하고 화해하기, 2) 하루하루 최선 다하기, 3) 추억 만들기, 4) 심신 건강 지키기, 5) 내세에 대해 소망하기 등을 실천에 옮겨 본다.

그리고 실제 기록물을 만들고 준비하는 것으로 6) 자서전 쓰기. 7) 버킷 리스트 작성하기. 8) 유언장 만들기. 9) 사전 연명 의료 의향서 등록하기. 10) 자신의 장례식 준비하기 등이 있다.

　　　　　　　　　　　　　　　　　　　퇴직 후 즐기는 삶

언젠가는 나도 죽기 전에 자서전을 한번 내보겠다는 막연한 기대를 했었고, 그 시기를 고희연 때 발간하여 하객들에게 나누어 드려야겠다고 생각하게 되었다. 그런데 군포시 늘 푸른 노인 복지관에서 회원들을 대상으로 자서전 발간 과정이 개설되어 참여하였다가 약 한 달여 만에 자서전 발간을 하게 되었다.

A4용지 한 장 정도의 글을 써본다는 것도 겁을 내던 내가 장족의 발전을 했다고 볼 수 있다. 희로애락을 겪으며 글의 소재가 많이 있었고 무엇보다 나의 이야기이기에 가능했다고 생각한다.

마무리하고 다시 읽어 보니 본인의 자랑질을 너무 많이 늘어놓은 것 같아 겸연쩍다. 혹시 다른 분이 이 글을 읽으면서 다소 거부감이 있더라도 자서전의 성격이 참회록이 아니라는 것을 인정하면서 이해해 주면 좋겠다. 성경에선 '왼손이 한 일을 오른손이 모르게 하라'고 하지만, 조직에는 홍보실의 역할이 중요하듯 개인도 자신을 홍보하는 것이 그리 부끄러운 시대는 아니고, 개인의 홍보도 필요한 시대가 왔다고 보인다.

나와 인연을 맺게 되어 이 글에 등장하고 있는 많은 분, 그리고 비록 등장하지는 못했지만, 나의 삶에 많은 도움을 주신 분, 나로 인해 힘드셨던 분, 그리고 나를 힘들게 했던 분까지도 역시 인연으로 맺은 고귀하고 귀중한 축으로 여기면서 모두에게 감사드리고, 용서를 빌고, 용서하면서 글을 마무리한다.

이 자서전을 만드는데 이러한 과정을 마련해 준 군포시 늘 푸른 노인 복지관과 책이 완성되도록 물심양면으로 도와주신 모든 분께 깊이 감사를 드린다. 이 책 발간을 위해 자신이 갖고 있는 재능을 상대방을 위해 마음껏 기부하자는 약속을 하고 지켜준 중앙 대학교 교수 박옥순 박사님께 다시 한번 고개 숙여 감사드린다.

퇴직 후 즐기는 삶

퇴직 후 즐기는 삶

초판인쇄	2021년 5월 12일
초판발행	2021년 5월 18일
지은이	유중희
발행인	조현수
펴낸곳	도서출판 더로드
기획	조용재
마케팅	최관호 백소영
편집	권 표
디자인	호기심고양이
주소	경기도 고양시 일산동구 백석2동 1301-2
	넥스빌오피스텔 704호
전화	031-925-5366~7
팩스	031-925-5368
이메일	provence70@naver.com
등록번호	제2015-000135호
등록	2015년 06월 18일

정가 15,800원
ISBN 979-11-6338-147-1 03810